顾爷爷讲中国民间故事

⑥
（清）

顾希佳
—— 编写 ——

目 录

顾权写真 …………… 1
双义庙 ……………… 11
以小见大 …………… 16
当铺风波 …………… 22
死尸典当 …………… 26
沉香街 ……………… 29
一箱女红 …………… 33
桃天岛奇婚 ………… 38

蜣螂城历险 ………… 42
金竹寺 ……………… 45
屈死鬼告状 ………… 51
千里寻仇 …………… 55
秦吉了做媒 ………… 59
巡抚夜行 …………… 65
压袖荷包 …………… 70
天财地财 …………… 77

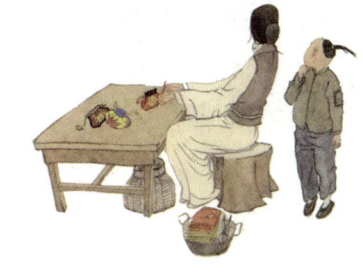

庄叟比武 …………… 82
梦中学仙 …………… 90
杜香草烧书 …………… 93
石大郎吞珠 …………… 100
偷儿恨娘 …………… 106
圆谎先生 …………… 111
佃户说梦 …………… 116
白兰花 …………… 119

徐次舟逸事 …………… 125
三夫争妻 …………… 130
一只绣花鞋 …………… 136
林则徐求雨 …………… 141
王老板发横财 …………… 144
百年老店一文钱 …………… 149

后 记 …………… 153

顾权写真

清朝年间，苏州城里有一个专门替人画肖像的老画师，名叫顾权。据说他画出来的像，线条灵动，惟妙惟肖，极有神采，画谁像谁，在苏州一带很有名气。

不过，顾权却有个怪脾气：凡是请他去画肖像的人，必须符合他的条件。要么长得非常漂亮，眉清目秀，出类拔萃；要么长得十分丑陋，奇形怪状，世上少见；至于那些长相一般、平平常常的人，他就提不起兴致了；就算有时候勉强画了，也总是画得十分潦草，缺少生气。这且不说，他还有一个规矩：凡是作威作福、鱼肉百姓的达官贵人，哪怕出的价钱再高，他也总是推说没有空，一口谢绝，决不俯就。

知己的人问他为啥这么做，他总是一本正经地说："古人有遗训，凡是作画，讲究神似。所谓形似不如神似，就是这个道理。他们这班人早已变成神离气散、奄奄一息的行尸走肉了，空具一副形骸，全无魂魄神采，叫我如何画他，画这样的人岂不是白白浪费我的笔墨吗？"

可是，苏州城里的那班达官贵人却不管顾权高兴不高兴，总是千方百计地硬逼着他画。顾权几次气得要把画笔扔掉，但是丢掉画笔，全家老小又怎么生活呢？这可真难坏了这位老画师。

一天晚上，有个姓施的官老爷在家里花天酒地，寻欢作乐。到了深夜，他忽然雅兴大发，想让顾权给他画一张肖像画，于是派衙役立刻去敲顾权家的门。

顾权正在睡觉，突然被"砰砰砰"的敲门声惊醒了，一听是施老爷叫他去画肖像，眉头一皱，一口回绝。可衙役却气势汹汹地威胁说，如果违抗施老爷的命令，再不开门，就要把顾家的门砸烂了。顾权看看没办法，只好慢吞吞地起来开门。

门一打开，也不等顾权开口，如虎似狼的衙役已摸出一条随身带的铁链来，"哐啷"一声朝顾权的头上一套，不管三七二十一就把他带走了。

到了施府，两个衙役径直把顾权带到客厅，将铁链一收，说："姓顾的，委屈你了，进去吧！"说罢，他们从背后一搡(sǎng)，顾权就进了客厅。隔了好一会儿，顾权才看清楚那个坐在正中太师椅上的大腹便便、肥头肥脑的人就是苏州知府施大人。施老爷面前的八仙桌上，放着一大盘狗肉，已经被吃掉了七成，老爷一个人正浅斟独酌，自得其乐，见顾权进来，就笑眯眯地对他说："顾先生，你好好给我画一幅肖像吧，画得好，老爷重重有赏。"

顾权心里气呀！天底下竟有这等蛮横无理的人？！他在这里啃狗肉，却逼着别人从被窝里爬起来，然后还饿着肚子给他画像。这像话吗？顾权越想越恨，一双眼睛盯着施老爷一动也不动，看了老半天。

这一看，看出名堂来了。原来施老爷这时候已是醉眼惺忪，而这醉眼又出奇地小，嵌在一张油光光的胖脸上，简直就像在剥光了皮的冬瓜上戳了两个窟窿似的。再一看，他的下巴足有三层，好肥好肥。顾权心想："只要看到这副尊容，就知道老百姓为

什么会那么穷了。外面早有传闻，说这位施老爷刮地皮的本领属于一等，上任只有两年，却搜刮来了好几万两雪花银子，还用大船装回苏北老家去了。"顾权心里有气，本来是不想画的，不过后来想想，既然来了，不画也没法交代，那就画一张吧。可到真要落笔时，却又一肚子不愿意，磨磨蹭蹭，画画停停，折腾了好久还没画好。

施老爷酒喝够了，狗肉也吃饱了，坐的时间也很长了，到后来竟呵欠连连，差一点坐不稳了，可顾权还是没画好。站在一旁的衙役也想回去睡觉，就催促顾权快画。顾权朝他们瞪了一眼，放下画笔，轻轻说了一声："好了，拿去让老爷过目吧。"

衙役连忙将肖像画捧了上去，施老爷醉眼蒙眬，粗粗一看，觉得画得确实不错，就含含糊糊地说了声："好！"顿时，老爷手下的帮办、姬妾全都围了上去，争着要看这幅画。一看，这画确实不错，胖胖的身材恰到好处，显得雍容华贵，令人钦羡；身上的穿着，笔笔精细，一丝不苟，甚至连花翎顶戴的花纹都看得清清楚楚。可是，再一细看，却看出了大问题。什么问题？原来这画确实特别：老爷的三重下巴，一重不缺；头上的官帽和身上的官袍，也描绘得煞是工整；偏偏一张脸画得太马虎，只是淡淡地勾了个轮廓，却不见眼睛、眉毛、鼻子和嘴巴，看起来像一张名副其实的塌饼。这还了得！

施老爷一气，酒也醒了一半，拉长了葫芦脸，猛拍了一下桌子，吼道："畜生！怎么没有画面目？"

大家抬起头来找顾画师，画师却早已不见了。衙役说，就在大家围着观看肖像画的时候，他一个人走了。几个帮办打算派人去叫，施老爷却说算了。他心想："自己素来不懂艺术，说不定这里还有什么名堂呢。万一弄巧成拙，张扬出去，岂不坍了自己的台？"于是，这事就此搁了下来。

后来，有人问顾权，为什么不把施老爷的面目画出来？顾权似笑非笑地回答说："他这种人有什么面目？苏州的民脂民膏把他养得那么肥，肥得连眼睛都眯成了一条缝，下巴有好几重，他还有什么面目见苏州百姓！并不是我不替他画，是他自己没有面目呀！俗话说，画虎不成反类犬。施老爷的尊容如此难画，我又笔拙艺低，如果画不像，那就不是门被砸烂的小事了，说不定还要被抓去坐班房呢！"

这话说得痛快，他的好朋友们也都忍不住大笑起来。谁知隔墙有耳，不久就有马屁精把这番话添油加醋地传到了施老爷的耳朵里。施老爷气得差一点吐血，一拍桌子，咬牙切齿地吼了起来："顾权！不把你抓进班房，老爷我不姓施！"

这时，恰巧苏州府大牢里囚禁着一名重犯廖二，此人是有名的劫富济贫的"太湖大盗"，专门跟土豪劣绅、贪官污吏作对。施老爷先指使当地一个劣绅诬告顾权是廖二的同党，然后又不分青红皂白地把顾权投进了监牢。

顾权进牢房的时候，牢房里已有个彪形大汉。那大汉皮肤黑里透红，左面颊和右额头上都有刀痕，像是新割过似的，还有血在渗出来。他的头发长短不齐，厚厚地覆盖住前额，两眼闪闪发光，十分威武。他见顾权被打得遍体鳞伤，有气无力，就扶着他坐了下来，一面替他擦去血迹，一面问他犯的是什么案子。顾权义愤填膺，悲从中来，大声地回答道："谁知道？他们都说我是太湖廖二的同党，非杀头不可呢！"

大汉一听，不由大吃一惊，连忙说："这倒奇怪了。不瞒先生说,在下就是太湖廖二。可我并不认识你,你怎么会变成我的同党了呢?想我廖二虽然落魄江湖,却一向讲究江湖义气。大丈夫在世,一人做事一人当,决不两面三刀,诬陷他人。想我连先生的尊姓大名都不知道,怎么会平白无故牵连到你呢?"

顾权刚才还满腹委屈,现在见了廖二,真相大白,心里反倒坦荡起来。他平静地对廖二说:"廖大哥不必介意,狗官假公济私,本欲加害于我。说你我同党,无非是个借口罢了,我心中有数。"

这么一说,两个人的心贴近了许多。从此以后,两人在死牢中互诉身世,相依为命,没几天工夫就成了好朋友。廖二觉得顾权受了自己的牵累,很是对不起他,心中一直在盘算着用什么办法可以帮他早日出狱,洗刷冤案。顾权也常常对着廖二呆看,越看越觉得廖二的眉宇之间有一股浩然正气,正是自己心目中的英雄豪杰,不由地想马上把廖二的肖像画下来。可惜死牢里一无所有,怎能作画?这作画的念头一直困扰着他,让他坐立不安。

再说,顾权被捕入狱以后,他家里人就料到这事准是因为那幅没有面目的肖像画。要知道,这个姓施的家伙是操有生杀大权的,顾权如果再不顺从他,就有被杀的危险。因此,顾家人只好到处托人说情,说顾权已经悔过,恳求施老爷开恩,饶顾权一命。施老爷这才假惺惺地说:"顾权是个画师,料想不至于与廖二同流合污。如今他既已悔过,我可以救他一命。不过,他要替我画一幅好的肖像画才行,否则休想出狱!"说完,就吩咐心腹将他那张肖像交给了来人。

顾权家里人拿到这张肖像画后,连忙准备好笔墨纸砚,托人买通狱卒,送进了死牢。顾权起初死也不肯画,但家里人再三劝说,廖二也在一边劝他别因书生气而一意孤行,顾权这才答应下来。

顾权铺开白纸，寻思了好久，终于提起笔来开始作画。谁知他画的不是施老爷，却是廖二。他朝坐在墙角的廖二看看，"唰唰唰"地画上几笔，再朝廖二望望，又"唰唰唰"地画上几笔，画画看看，看看画画，从来也没有这般细致认真，激情洋溢。就这样，他从早上一直画到傍晚，终于画好了。

第二天一早，施老爷派人去催顾家人，说是老爷等着要看肖像画。顾家人赶紧到牢房取画，展开一看，画的竟是太湖廖二！这可如何是好？家里人吓坏了，皱着眉头正准备劝顾权，顾权却大骂起来："我就是杀头，也决不做贪官污吏的奴才。你们去告诉那个姓施的狗官，要杀要剐，悉听尊便！"

家里人暗暗叹一口气，出了牢房，又辗转托人去禀告施老爷，只说顾权水土不服，已经病得不能提笔作画了，请求准许他病好之后再画。施老爷自然心中有数，知道顾权不肯屈服，只是看在顾家送来的金银珠宝的分上，也不再说话了。

却说顾权等家里人一走，就兴致勃勃地邀请廖二一起欣赏自己的得意之作。抖开画卷，廖二的眼前顿时一亮，原来这幅画画的正是他自己。浓密蓬松的头发、左颊右额上的刀痕、赤红发光的双眼、豪爽威武的气概，真是活灵活现、栩栩如生，像极了！

看到这里，廖二这个轻易不动感情的硬汉子被感动得热泪盈眶，他紧紧地抱住顾权，深情地说："先生，你把这幅画送给我吧！世上需要你这样的好人，你可要活下去啊！你只要始终不承认诬告，总有一天会开脱的。我的死期就在眼前，好汉不怕死，怕死非好汉，我死了倒没有什么，只是无力帮助先生，实在于心不安。好在过两天我的儿子要来探望，我要把你的画交给他带回家去，还要他见你一面，将来好报答先生。"顾权将画卷好，郑重地递了过去，说："别谈这些了。这画就作为我们患难相交的纪念吧！"

果然不出廖二所料，不到十天时间，廖二就被处死了。顾权虽被判了重刑，但几个月之后，恰遇"大赦"，又没有与廖二同伙的证据，就被放了出来。

顾权家里本来就很穷，吃了这场冤枉官司之后，就更加穷困了。顾权回到家里，看到这种光景，不觉老泪纵横，仰天长叹。从此，他的脾气变得更加古怪了，宁愿活活饿死，也不给那些贪官污吏、土豪劣绅画画。

一天，顾权空着肚皮独自外出，忽然有个骑马的青年从他身旁过去。青年人走过一丈多远，却又回来，下马后轻声地对他说："顾先生，你好难找啊！今天差一点又错过了。"说着说着，青年人就拉着顾权进了路边的一家酒楼。一上楼，就有一个眉清目秀、相貌堂堂的青年过来行礼，并邀请他入座。顾权觉得曾经好像见过他，却又一时想不起来，便问他姓甚名谁，为什么要邀请他。那青年只是笑了笑，说道："请先生放怀畅饮吧，过一会儿，你就会知道的。"说到这里，顾权也就不便多问了。这时，菜肴也都已上来了，他只好坐了下来。

吃完饭，三人下楼一起来到河边，那里有一艘渔船在等候。那青年请顾权上船，并说："家母邀先生到敝庄一见，务请光临。"顾权想，人家如此盛情相邀，也是看得起我这个穷光蛋，去就去吧。

船沿着弯弯曲曲的河道越驶越远，不一会儿，就驶入了烟波浩渺的太湖之中，但见水天一色，无际无涯。不到一个时辰，又进入一片芦苇荡，后来终于在一个小洲的旁边上了岸。

小洲上住着好几十户人家，那青年邀请顾权走进其中一家的宅院厅堂。顾权抬头一看，自己当初在狱中画的那幅廖二肖像正挂在厅堂正中，这才想起这个青年就是廖二的儿子。

过了一会儿，廖二的儿子陪着一位老妇人走了出来。那妇人向顾权作揖道："先夫不幸遭害，承蒙先生为他画像，给后代留下了一个纪念，此恩此德，真是天高地厚！我已是风烛残年之人，很想请先生也为我画一张真容，留给儿孙，不知先生意下如何？"

这么一说，倒勾起了顾权的伤感，他重又抬起头，端详起坐在对面的老妇人来。她满头白发，脸上布满细细的皱纹，眼角流露出淡淡的哀愁，嘴唇轻轻地抿着，表明她的心境十分平静。顾权看着看着，忽然觉得能在这太湖中的小岛上见到这样一位端庄大方、神采奕奕的老妇人，也算是一个奇迹，不觉有了做画的强烈冲动。他两眼炯炯有神，站起身来脱口而出："一定从命！"

老妇人听了，十分高兴，连忙对那青年说："四郎，快替我拜谢先生！"

就这样，顾权在这里住了下来，花了三天时间，认认真真地替老妇人画了一张肖像。肖像画好后，老妇人带着全家再一次向顾权道谢，并派人用竹轿送他回家。

他们在路上走了好久，后来竹轿抬到了一座高大的住宅面前。轿夫前去敲了几下门，大门"呀"的一声开了，走出来两个人。顾权一看，正是他的老伴和儿子，他们一齐将他迎了进去。妻子告诉他：自从那天他出门以后，忽然有人送来了一笔钱，说这是他在外面替人家画像的酬金；过了两天，又有人用轿子来接他们，说顾权已经选定一座住宅住下了，于是他们就搬到这里来了。

顾权听了,有点糊涂,就赶紧出来,想向抬轿的人问个明白。谁知竹轿还在门口,抬轿人却已不知去向。顾权掀起竹轿的布帘,只见座位上放着一只装满金子的布袋,还端端正正地放着一张帖子。帖子上写着:

顾先生高风亮节,堪敬堪佩;妙笔留春,遐迩播名。今有狗官施某,恶贯满盈,幸天网恢恢,疏而不漏,籍没家产,打入死牢。为报答顾先生大恩大德,特买下施某旧宅一幢,赠予先生;袋中银两,权作画资。伏惟跪告,祈求笑纳。

知名不具

看完帖子,顾权不禁热泪盈眶,思绪万千。想不到自己居然在死牢中结交了这样一位知己,从而因祸得福。

【故事来源】

据《清朝野史大观·清代述异》卷十一译写。

# 双义庙

清朝年间，北京城外有座双义庙。为啥叫双义庙呢？说起来，这里还有一段故事呢。

有个山西人，名叫李老实，在北京城里的一家当铺做朝奉先生，日子过得不错。这一天，店里来了个同乡赵甲。说起来两人是从穿开裆裤时就认识的，一向很要好，只可惜赵甲运气不济，一直找不到一份好差使。这次进京，赵甲想开个杂货铺，但缺少资金，于是来找李老实借钱。李老实二话没说，就拿出一百两银子借给了他，说道："先拿去试试看吧，如果生意做得顺手，就算是我们两人合伙好了。"赵甲喜出望外，千恩万谢，并说李老实积蓄这笔银子也不容易，还是当场立个契约为好，免得日子长了不好办。李老实却涨红了脸，摆了摆双手，连声说："从小一起长大的，我怎么会不相信你呢？"最终，赵甲没有留下半个字的借据，就把银子捧走了。

开个杂货店不容易，赵甲既要布置店面，又要四处办货，忙得不亦乐乎。等到一切就绪，单等开门大吉的时候，他特地赶去找李老实，希望他无论如何也来喝杯开门喜酒。谁知道当他赶到当铺时，却扑了个空。原来，李老实早在半个月之前就得急病去世了。当铺老板托人带信，让李老实的儿子李小官赶来护送棺材

回家乡，好入土安葬，所以他的儿子也早就走了。

赵甲回家后为李老实设了个牌位，祭奠一番，事情也就过去了。从此之后，他克勤克俭地做生意，一晃十年过去了，杂货铺变成了一家名扬四海的绸缎庄，赵甲也成为远近闻名的大老板了。

这天，李老实当年那家当铺的老板来找赵甲，向他推荐了一个伙计，也就是李老实的独生子李小官。李家自从死了当家人之后，就一直走下坡路，天灾和人祸接连不断，李小官实在混不下去了，才跟着一个远房亲戚来到京城，想混口饭吃。

赵甲一听，当场把人留下了，还对李小官说："当年要不是你父亲拉我一把，我赵某人也混不到今天这个样子。我早就想去找你了，却总是找不到。今天你来，再好不过，就留在我身边当个账房先生吧。"李小官喜出望外，连忙跪下磕头道谢。当铺老板不放心，又在边上衬了一句："工钱多少，也请赵老板定个数吧。"赵甲却打着哈哈，说："不急，不急。一家人不说两家话，这点小事还不好商量？"话是这么说，工钱却始终没定出个数目来。当铺老板不能强求，只好将信将疑地告辞了。

再说这李小官，也真是应了一句俗语，有其父必有其子，跟他父亲李老实一样的老实。他心想，自己初来乍到，总不好先计较工钱，有口饭吃就不错了。因此，他赤胆忠心地替赵甲做账房先生。半年下来，没有人不夸李小官的。赵甲却仍旧一字不提工钱的事。

这天，赵甲捧着水烟筒，找李小官闲聊，说着说着，赵甲提起了李小官的婚姻大事，说你年纪不小了，也该成个家了。李小官一听，顿时涨红了脸，双手直摇，说道："小侄到伯父这里来帮忙，不过是混口饭吃的，哪里谈得上成家立业呢？"

赵甲微微一笑，轻描淡写地说："说得也有道理。不过你替我当了半年多的账房，还没有盘过我的总账，今天就辛苦你替我盘一盘，看我赵某人如今究竟有多少家产？"

李小官不知道赵老板的葫芦里装的是什么药，只是连连答应。他花了几天工夫才盘算完毕，现金和存货一起共六万两银子。

赵甲又一本正经地对李小官说："这总账是你亲手盘点的，不会错吧？"

"不会错，伯父请放心。"

"好，你让我放心，我自然就放心了。这六万两银子，正好一分为二，你和我每人三万。"

"什么？"李小官吓了一跳，结结巴巴地说道："这……这可万万使不得。伯父是在说笑话吧。小侄到这里半年来，全靠伯父周济，才有吃有穿有住，我感激都还来不及呢。就算是伯父看得起我，要赏给我工钱，也不过一年几十贯钱的老规矩而已，小侄哪敢多要？再说伯父子孙满堂，家产再多也该传给自家人，小侄可从来没有这种非分之想。这笔钱是万万不敢要的。"

赵甲还是不动声色，笑笑说："你也不要客气，我自会有安排。"

于是，赵甲在家中举办了一次盛大的宴会，特地请来那个当铺老板，以及街坊上有声望的老人，并请李小官来作陪。

酒过三巡，赵甲站起来向在座诸位拱手致意，神色庄重地说："想我赵某人十年前落魄北京城，靠朋友帮助，才开了一家杂货铺起家，在座的各位长辈都是看在眼里的。十年前，我的朋友李老实一言之下，就拿出他多年积蓄的一百两银子借给我做本钱，连个借据都没立。为什么？为的就是朋友义气，为的就是他信得过我赵某人！如今李老实早已作古，而我赵某人却成了个大财主，可我又哪一天不在想念我的李大哥呢？好在大哥的儿子小官在我这里。想当年，大哥和我说过，如果生意做得顺手，就算是两人合伙。如今我这六万两银子的家当，就该分一半给小官。这位当铺老板或许要问，半年前李小官来的时候，我为啥不说？这里面也有缘故。小官初来，我还不知底细，担心他年纪轻轻，一下子有了这么一大笔钱财，万一他挥霍成性，不求上进，将来我到九泉之下，怎么向李大哥交代？而今，半年过去了，李小官不但为人克勤克俭，而且有能力独立经营店铺，对此，在座的各位长辈也是有目共睹的。所以，今天特地请诸位到场，做个中人，替我把这家当分了。"说罢，他拿出李小官亲笔誊写的一份钱财账目，请大家过目。

听完赵甲这番发自肺腑的话，那个当铺老板第一个立起身来拍手称赞："好！赵老板光明磊落，肝胆照人，果然是个品德高尚的正人君子。这杯酒，我干了！"在座的街坊也都纷纷举杯，一则赞扬赵甲的为人，二则向李小官祝贺。

谁知李小官这时却站起身来连连摇手，说道："使不得，使不得。诸位长辈听我说，赵伯父的一番情，小侄是心领了。就算先父果然有一百两银子存在赵伯父手里，十年下来，一本一利，我收回二百两也已经绰绰有余了。再要多拿，那就是不义之财了，小侄怎敢！"

赵甲也不与他多说，转身进屋，命用人把三万两银子抬了出来，放在大厅之前，然后说道："小官，今天当着大家的面，就让我赵某人了却这十年的旧债吧。多谢了！银子全在这儿，怎么处置，就由你决定了。"

李小官走过去，拿了二百两银子，又向赵甲磕了一个头，转身就朝门外走去。等到大家明白过来，连忙追出门来，李小官早已不见了踪影。

这真是天下之大，无奇不有啊。明摆着可以做一个大老板，却真有人要逃掉。赵甲请在座的街坊长老做主。大家说，中国这么大，到哪里去找人，这事只好报官，让官府来处置了。报到官府，当官的也不相信，说此事没有先例，最要紧的还是要先找到李小官。于是，官府发出文书，通报天下各州各府，就像通缉朝廷要犯那样寻找李小官。官府一插手，事情果然好办，不出半个月，就在山西某地找到了李小官。大堂上一对质，当官的说："既然如此，还是让我来判吧。钱财一人一半，李小官一定要拿。如果李小官觉得心中不安，亦可捐出一笔款子，把城外那个破庙给修一修，岂非好事！"

后来，李小官果真拿出一笔钱财修庙，赵甲索性再添上一笔，破庙从此焕然一新。菩萨开光那天，官府送来一块匾额，上书"双义庙"三个字。从此之后，双义庙的故事就在四乡八里传开了。

【故事来源】

据清朝宣鼎《夜雨秋灯录》卷十译写。

 以小见大

清朝年间,重庆城外有个大财主,一百多岁了,人们都叫他周老伯。周老伯看人,眼光极准,远近闻名。

周老伯的小孙子周煌,读书用功,才思敏捷,考取了进士。周煌有个朋友姓张,湖北武汉人,跟周煌是同科进士。此人相貌堂堂,风度翩翩,能说会道,在读书人中算得上是数一数二的。当时,考取进士的人不一定可以马上做官,得先做候补,等到有了空缺,才能补缺做官。姓张的武汉人想早一点做官,就来跟周煌商量,看能否借给他两千两银子,让他捐官,先做起来。若是肥缺,半年工夫下来,不但能还清本钱,肯定还可以赚不少银子呢。

周煌一听要借这么多钱,不敢擅作主张,笑嘻嘻地说:"家祖父今年要做百岁大寿,届时我也要请假回去祝寿的。倒不如老兄和我一同到重庆,跟我家祖父当面商量。这事估计是能成的。"

果然,周老伯做百岁大寿时,孙子就介绍了这位同窗好友张某,并把借银子的事也跟祖父说了。周老伯只是点头,并不表态。等回到内室,老人才对孙子说:"你明天给他两千两银子,不要立借据,到时候还不还,随他便。但从此之后,对这个人要疏远一些,以防后患。"孙子周煌真是丈二和尚摸不着头脑,又不敢多问,就一切照办了。

俗话说，有钱能使鬼推磨。张某有了这两千两银子，果然时来运转，很快就被委任为嘉兴知府。嘉兴府是远近闻名的鱼米之乡、丝绸之府，张某一到任，略施小技就捞了一大把。他当即派出自己的亲信，带了一份厚礼，再加上要如数奉还的两千两银子，千里迢迢地赶到了重庆，向周老伯表示感谢。

周老伯呢，只是让仆人把银子收回，赏赐给那个送银子的人一笔盘缠，并拿出一封回信给来人。信中说，周家父子近来身体不好，不能亲笔执书，回信是请家中账房先生代笔的，请你家主人见谅。张某收到回信后，见信只有寥寥几笔，说的只是银子如数收到，不必挂念云云，信后署名是账房代笔，很是潦草。他冷笑一声，当即把信交给了师爷，让他当作收据留存，并对师爷说："到底是乡下人不懂规矩，两千两银子进出的事，怎么好让一个外人代笔呢？"

其实周老伯这么做，是有用心的。三年之后，张某因贪赃枉法被人弹劾，押送京城受审，由于恶贯满盈，最后被杀了头。按照当时惯例，有人提出要查张某的同党。当时，做官的和大财主狼狈为奸的事多有发生，通常做官的一垮台，大财主也就跟着受牵连。这回清查张某，有人就怀疑到张某的同窗好友周煌身上。可周煌胸有成竹，据理力争，说自己与张某虽是同窗，但关系一般，从无书信往来。一查，果然如此，周煌这才免去了一场灾祸。

还有一个故事，说的也是周老伯慧眼识人的事。

重庆城里有家当铺，当铺的老板是个败家子，吃喝嫖赌样样精通，最终赌债缠身，在走投无路之际竟对当铺里的伙计说："我这当铺里里外外值十万两银子，现在我愿意八折出售，谁能拿出八万两银子来，我就把当铺盘给谁。"

这可是千载难逢的好机会呀！因为当铺是只金饭碗，谁见了都要眼红的，如今八折就能出售，谁见过这种买卖？！不过话又说回来了，平民百姓家谁拿得出这么多银子呢？当铺里有个站柜台的伙计，姓程，为人忠厚老实，人人叫他程老实。听到这个消息后，也动了心，天天想到哪里去借这笔钱？有个朋友跟他开玩笑说："这还不好办吗？城外周老伯是有名的大财主，放起债来动不动就几百万的。你去跟他商量，贷八万两银子，就算利息高一点，还怕赚不回来吗？"听朋友这么一说，程老实动了心。

　　这天，程老实打算去拜访周老伯，但想想自己跟他素不相识，又有些担心；再看看自己，一副寒酸相，怕人家看不起，所以到朋友家借了一身新衣换上。穿戴一新后，这才忐忑不安地上了路。

　　到了周家，程老实如此这般一说，周老伯当然不便当场表态，只是含糊其辞地说："八万两银子不是一笔小数目，我们大家再慢慢想想办法吧。"话说到这地步，意思已经很明白了。程老实再老实，也听得出这话外之音。他想：自己一个平民百姓，和人家素不相识，却开口就借八万两，也实在太鲁莽了。想到这里，程老实感到很不好意思，结结巴巴地向主人告辞后，就回家去了。

　　客人走后不久，天色就变了，不一会儿乌云密布，竟下起倾盆大雨来。周老伯想，山路崎岖，路很不好走，程老实又是个五十多岁的人了，就赶紧让家人出门去追他回来避雨。

　　过了好长时间，家人才回来，说客人追到了，现在正在门房里。周老伯问："怎么去了这么久？"家人说："小人追去时，客人正在路边的大树底下躲雨，并把他刚才穿来的那套衣服脱下，包了起来。现在他正在门房换衣服，所以拖了些时间。"

了解这些后，周老伯又把程老实请到客厅里，详细地问道："客人身上的这套衣服，是自己的呢，还是向朋友借来的？"

程老实满脸通红，不好意思地说："不瞒老伯说，这套衣服是向朋友借的，而且还是从几个人那儿凑起来的呢。"

"好，你做得对。今天雨太大了，就看在你保护这几件衣服的分上，我也得留你住一宿。等明天天晴了，我和你一同到城里走一趟，盘点一下当铺后，再商量怎么办吧。"周老伯突然改变了主意，程老实有点糊涂了，只是连连点头。

第二天，艳阳当空，周老伯备了车马，带了自己的账房先生和随从，同程老实一起赶到了当铺。当铺里的人一见，都目瞪口呆，想不到平日里三棍子打不出一个闷屁的程老实居然把财神爷给搬出来了，真是太阳要从西边出来了！

周老伯和账房先生一起，查看了账簿和库房，然后对程老实说："嗯，你昨天说的话一点也不假，这事就定下来吧。我看你也不要借了，这八万两银子由我出，就算是我出面买下了这个铺子。当铺总共值十万，你我两人对分盈余的二万两，我当场付给你一万两银子，你净赚一万。另外，我要聘你当这家当铺的总管。我老了，又住在乡下，有诸多不便，这家当铺就托付给你了。"

这么一安排，当铺上下谁还会有异议呢？原先的老板是浪荡子，当然靠不住，现在换了个能干的财神爷来当家，自然是再好也不过的了，程老实更是感激万分。俗话说，士为知己者死。从此之后，他更加克勤克俭，处处小心，把当铺操持得十分兴旺。他自己家的日子自然也越过越红火了。

后来，有个朋友问周老伯："人人都说进士张某品格相貌好，年纪轻轻，前途无量，你为什么要像躲避瘟神似的避开他？而那个程老实只是个普普通通的当铺伙计，混了一辈子也没做成什么大事，贸然向你借钱，你却毅然答应了他的要求？"

周老伯捋着胡须哈哈大笑，不紧不慢地说出这番道理来："这两个人的好坏，在当初借钱的时候就已显露出来了，只是一般人觉察不到罢了。张某已经考上了进士，还怕做不了官？可他却那么性急地要去捐官，可见贪心不小。有贪心的人做官，十有八九是要倒台的。而那个程老实，借人家几件衣服尚且知道爱惜，何况偌大一笔家产？所以我知道这个人靠得住，是可以委托他办事的。以小见大，这其实是一个很普通的道理啊！"

【故事来源】

据清朝宣鼎《夜雨秋灯录》卷十译写。

当铺风波

清朝的时候，嘉兴城里有一家当铺，生意做得很大。

这一天，当铺里来了几位客人，都身穿长衫马褂，看起来气宇轩昂，随身带来的几个随从也都是眉清目秀的英俊少年，一看就知道是有来头的人。客人进了门，开口就问当铺能拿得出多少银子？朝奉*一听，心里有点不舒服了，这是什么话？当铺里拿得出多少银子，关你们什么事！于是他硬邦邦地顶了一句："你们有什么东西要当，尽管拿来就是。值多少银子，就给多少银子，决不会少一分一厘的，何必多问！"客人一阵冷笑，就走了。不多一会儿，这几个人抬进一只大竹筐，说要典当。

朝奉打开一看，原来是一套纯金的酒具，光芒四射，耀人眼睛，价值估计在一万两银子以上！客人对朝奉说："这是南门张家的一套酒具，只因主人有急用，一时又借不到现金，才让我们来这里暂时典当的。要当三千两银子，你们拿得出吗？"

南门张家是嘉兴数一数二的大财主，有这么一套纯金酒具，朝奉早就听说过，而且来人口气狂妄，咄咄逼人，于是他也没有细想，当场就填写了一张当票，收进金器后，又称了三千两银子，交给了那几个客人。

等客人一走，当铺里的几个伙计都围过来端详这套少见的酒

朝奉
明清时期常称盐店、典当铺的店员为朝奉，苏浙皖一带也用来称呼当铺的管事人。

具。大伙儿看了好一阵子，忽然有人"哎哟"一声叫了出来，说是上当了。怎么回事？原来这是假货，里面是铜胎，外面贴了一层薄薄金箔，初看可以乱真，价值却有天壤之别。现在客人已经拿去了三千两银子，怎么会再来赎原物呢？

按照当铺店规，凡是伙计收进假货造成当铺亏损的，亏损的数额要由经手人摊派。这笔生意，估计要亏两千多两银子，经手人不过二三人，就算是不拿薪水白做，也得十几年工夫才能赔得清，更何况还都要养家糊口！他们一个个面面相觑，全都傻了眼。

当铺老板见大家这副模样，问发生了什么事情？大伙儿就把这套酒具拿了过去，一五一十地告诉了老板。老板也为难起来，怎么办呢？老板毕竟是老板，走南闯北，见多识广，他眉头一皱，计上心来，说："有了，你们不必担心。这帮人既然用假货来骗钱，是决计不会再来赎回原物的。我们为什么不可以嫁祸于人，让别人来赎呢？这样一来，至少我们不会吃亏了。"于是他让伙计当场造了一张假当票，和刚才交给客人的一模一样，然后把它丢在大路上，好让路过的人来拾。谁要是拾到当票，看到当票上的内容，必定会动心的。

果然，第二天一大早就有个读书人拾到了这张当票。那读书人一看，当票上写得明明白白，这套纯金酒具价值一万两，现在抵押典当三千两，抵押期三个月，到期赎还，利息若干，如果到期不赎，原物归当铺所有。读书人心中明白，这张当票必定是哪个大户人家不小心遗失在路上的，要是能够拿出三千两银子把原物赎出来，然后再去卖掉，不是可以赚大钱了吗？但是这个读书人家中清贫，拿不出这么大一笔银钱，只好去找亲朋好友商借。亲朋好友知道他一向正派，说话守信用，所以都肯帮助他。

不过，读书人也怕这里面有什么蹊跷，就让朋友陪着，一起到当铺去探探虚实。到了当铺，假说自家主人想从别人手里转进一张当票，但有点不放心，就让他来看看货色。当铺伙计知道来人已经上钩，就拿出了那只大竹筐，一边打开给他们看，一边拼命地吹嘘这套纯金酒具如何如何名贵，是如何的稀世珍宝。读书人和他的朋友都是外行，听当铺伙计这么一吹，就越发动心，回家之后，当即凑足了三千两银子和这三天时间的利息，一起拿到当铺，凭着这张假当票，把东西赎了回来。

那读书人为的是赚钱，自然不会把这套酒具放在家里，第二天就赶到金银铺，想要抛售。金银铺的伙计吃的就是这碗饭，一看货色就摇头，说是假货，不肯收。读书人连跑了几家，都碰了钉子。有一家干脆拿把刀来，劈开一只酒杯给他看，里面果然是黄铜，只是表面贴了一层薄金箔。这家伙计告诉他，这套酒具顶多值四百两银子。

读书人这才知道上了当。欠亲戚朋友的一屁股债，就是倾家荡产也还不清呀。第二天一早，他一个人出了门，在大河边上踱来踱去，想投河自尽。正在这时，有人过来拍拍他的肩膀，对他说："老兄是不是吃进一套酒具，上当了？"读书人一惊，问他："咦，你怎么知道的？"

"一看你这模样，我心里就有数了。你不要担心，我会帮你的。你赶快回家，带上那只大竹筐，跟我到一个地方跑一趟，我包你转危为安。我在河边等你，你速去速回，千万别告诉第二个人。"

读书人心想，横竖是死路一条，既然这人说有办法救我，那就碰碰运气吧。所以，他匆匆回到家，捧着大竹筐又来到了河边。

到了河边，那人早已备好了一条小船，读书人上船后，他们就沿着河道一路摇去。足足走了一天一夜，最后来到一个陌生的地方。那人先上岸，不一会儿，回来了几个人，请读书人上岸，并把他带进了一大户人家。

进门一看，厅堂高大宽敞，走廊布置精巧，屋里的摆设也十分气派。原来这家主人正是前几天去当铺当假货的人，他本来是要捉弄当铺老板的，现在却捉弄到读书人头上，倒有点不好意思起来。他打开竹筐一看，不错，正是当初的那一套假货，便对读书人说："牵累老兄，实在抱歉！"当即设筵款待，又留读书人在家住了好几天，招待得十分周到。临走的时候，除了把三千赎金和利息都还给读书人之外，主人还送了他一笔银子，算是川资。

又过了几天，这家主人拿了当票去当铺，说是要赎还原物。

当铺的人顿时大惊失色，他们怎么也想不到他还会杀回马枪。现在这套假的纯金酒具早已被人用三千两银子赎走了，拿什么还给他呢？可是，不给又不行，因为他手里的当票是真的，就算告到官府，也是当铺理亏。再说了，来者不善，善者不来，现在此人存心来寻衅，就是塞给他几千两银子，也是打发不了的。当铺老板束手无策，只好按照老规矩，原物丢失，加倍赔偿。当票上白纸黑字写得明白，这套酒具值一万两银子，要赔，就得赔两万两。当铺老板好不容易凑足了这笔银钱，了结了此事。

第二天，这家当铺就倒闭了。

【故事来源】

据清朝慵讷(nè)居士《咫(zhǐ)闻录》卷九译写。

死尸典当

清朝年间,辽宁长山群岛有个姓袁的老头,人称"大袁"。年轻的时候,大袁家境贫寒,住在城外一间破屋里,经常吃了上顿愁下顿。一天,他实在没有办法了,就从箱子底下翻出几件破棉衣,拿到一爿(pán)*典当铺去,想换几串铜钱救救急。

当铺老板一看,见来人用几件破棉衣来典当,真是荒唐,鼻子里"哼"了一声,说道:"这种东西一文不值,你拿来干啥?"

大袁请求老板高抬贵手,赔着笑脸说:"你我都是长山人,低头不见抬头见,我也不是什么浪荡子,只不过一时贫困,借贷无门,才到你这里来典当的。这几件棉衣虽然破旧,可我们家人还要靠它来过冬。请你开开恩,就算拿棉衣抵押一下,借我几串铜钱,半月之内,我一定来赎还。"大袁好话说了几箩筐,可当铺老板依旧理也不理。

大袁憋了一肚子气,只好把棉衣再包好,临出典当门的时候,忍不住高声说:"六十年风水轮流转,你也不要太得意忘形,有朝一日我袁某人时来运转,非要开一爿典当铺不可。到时候,别说破棉衣,就是抬进一个死小孩来,我也当给他。"

那时候当铺里最忌讳说什么死小孩,现在大袁拿死小孩来咒他,当铺老板心里自然不是滋味,只是想想这个大袁是个穷光

*爿 劈成片的竹木,田地一片叫一爿,商店、工厂等一家叫一爿。

蛋，不值得计较，才没有当场争吵起来。

大袁抱着这包棉衣晃晃悠悠往家走，半路上，裤脚忽然被一丛荆棘勾住了。他弯下身子，想择开棘刺，可一时三刻又择不开，不觉有些恼火，顺手就把这丛荆棘连根拔了起来。谁知道，这一拔却拔出了名堂，拉松了一块石头，翻开石头一看，下面竟埋着一只甏（bèng），甏里满满的全是光灿灿的银元宝。大袁喜出望外，先拿了两只元宝，塞在破棉衣里，把甏重新掩埋好后，乐颠颠地回家了。第二天夜里，他一个人偷偷地又回到老地方，又拿了几只元宝。一次一次，拿了十几次，竟没有一个人发觉这个秘密。

这样一来，大袁果真发了大财。他不敢公开这个秘密，只是先做点小本生意，一点一点地发迹。几年之后，他堂而皇之地成为了大老板，买田地，造房子，还特意在当年那爿当铺的斜对门，新开了一家典当铺。

当年那个当铺老板咽不下这口气了，心想：这个饿煞鬼居然真的开当铺了，几年前他说死小孩也可以典当，这话我现在还记忆犹新呢。于是，他就在大袁当铺开张大吉的那一天，特意唆使一个地痞，从野地里找来个死小孩，拿块破苇席一裹，就送进了大袁的当铺，说要当十两银子。

当铺朝奉一见，顿时勃然大怒，大声喝道："今天开张大吉，你却送个死尸来，这不是存心捣蛋吗？"大袁闻声出来，一见是这么回事，心中有数，知道是斜对门的老板来寻衅，便笑嘻嘻地对那人拱手作揖，说道："这个小孩早不死迟不死，拣了小店开张之日死去，可见他和小店还是有缘分的。再说我袁某人几年前发过誓，说如果有朝一日我开当铺，就是有人送进个死小孩来典当，也是可以的。大丈夫一言既出，驷马难追，你就拿十两银子去吧。"

送走地痞后，大袁吩咐店中伙计去买一口小棺材来，给死孩入殓。大袁对伙计说："不必去寻墓地了。喏，就在我现在站着的地方，你们替我挖个坑，把小棺材埋下去，也好让大家时时记着这件事。"

几个伙计一起动手，"乒乒乓乓"地一挖，又发现了一块石板。翻开石板一看，嘿，下面排着十几只大瓮，里面全是银子。

这件事一传开，大家议论纷纷，都说大袁为人厚道，说话算数，不愧是地道的生意人，都乐意跟他打交道。从此以后，大袁的生意越做越兴旺。人们一提起他，就会说起这个死尸典当的故事来。

【故事来源】

据清朝和邦额《夜谭随录》卷四译写。

 沉香街

　　当年四川有个大财主,儿子名叫金不换,长得一表人才。他听说南京是个山青水秀的好地方,就带了一大笔钱财来南京学做生意。其实,做生意是假,一路游山玩水、开开眼界,倒是真。

　　这天,金不换走过一条街,街楼上掉下一个荔枝壳,正好打在他的肩头上。他抬头一看,楼上有个绝代佳人,正朝他笑呢。一打听,是个妓女,名叫素娇。他身不由己地进了妓院,从此整天泡在素娇身边,两个人山盟海誓,好得不能再好了。平日里金不换挥金如土,十分豪爽,妓院里上上下下都把他当作摇钱树,哄得他团团转。

　　可惜好景不长。金不换带来的钱财哪里经得起这般挥霍,转眼间,他就两手空空了。金不换对素娇说:"不怕,我四川老家有的是钱。等我回去多拿点来,你等着我吧。"这天中午,素娇为他饯行,泪眼汪汪地说:"郎君一去,不知何日再来?请你留下一样东西,给我做个纪念吧。"

　　金不换笑着说:"我从四川带来的钱财都进了你的家门,哪里还有什么好东西送给你呢?"

　　素娇说:"那你就凿一颗牙齿给我吧。这样,我一看见牙齿,就可以想起你了。"

金不换怕痛,不肯凿牙。素娇就哭哭啼啼地缠着他,说他不诚心,走了就不会回来的。金不换被她缠得没办法,只好忍痛凿下一颗牙齿送给她。素娇这才破涕为笑,把牙齿藏进了梳妆盒,又再三叮咛,要他赶紧带钱来替自己赎身。

金不换回到四川,跟爹娘一说,爹娘对他真是百依百顺啊,一下子拿出两万两银子来,让他到南京去接新娘子。金不换兴致勃勃地雇了一艘大船,准备了满满一船的聘礼和嫁妆,要到南京去摆摆阔,出出风头。

金不换的几个好朋友知道了,都来劝他。有的说妓院里的女人都水性杨花,靠不住的,要他一定三思而后行。有的说那个妓女看中你的是钱,而不是你这个人,这种爱情哪能天长地久?金不换哪里听得进去这些,他挥挥手,也不争辩,就上了船。

船过三峡,沿长江一路南下,转眼就到了南京。金不换正要上岸,忽然想起朋友们的叮咛来,便多了个心眼。他到舱中,向船工借来一套破衣服,把头发打散了,脸上也涂得乌漆墨黑的,挂了根竹竿,提了只竹篮,装扮成个乞丐,要去试探试探。

到了素娇家,素娇正在跟一个北方人亲热地喝酒呢,见来了个乞丐,头也不回,就呵斥妓院里的用人道:"你怎么瞎了眼啦,放个讨饭的进来,快把他打出去!"

金不换连忙喊道:"姐姐别打,我是金不换呀!"

素娇仔细一看,果然是金不换,脸色就更难看了,问:"咦,你怎么这副模样?"

金不换说:"半路上,我遇上了强盗,金银财宝被一抢而空,只逃出了一条命,一路乞讨才到南京的。"

素娇冷笑一声说:"那你来找我干什么?"

金不换也奇怪起来，说道："素娇，我们不是约好的吗？"

"算了吧。你连自己都养不活了，怎么养得起我呢？回去吧，别痴心妄想了。"

金不换越想越伤心，忍不住号啕大哭，说道："我这么一个文弱书生，如今身无分文，眼看就要客死异乡了，求你赐我一副棺材钱吧。"

素娇连眼皮都不抬一下，冷冰冰地说："谁见过妓院施舍棺材的？你找错地方了吧。"

金不换的一颗心顿时冰凉冰凉的，他咬咬牙说："也罢，算我看错人了。不过我还有一颗牙齿放在你这儿，请你还给我。"

素娇一挥手，让丫鬟去拿。丫鬟转身从里屋捧出一只大盒子，递给金不换。金不换打开一看，顿时目瞪口呆，气得半晌说不出一句话来。原来这只盒子里竟有大大小小几十颗牙齿。

金不换把那盒子朝地下一摔，头也不回地朝门外走去。第二天一早，他指挥船工，把这次带来的全部聘礼和嫁妆，全都抬到了素娇的门口，一路摆开，足足摆满了一条街。然后，放一把火，把它们烧成了灰烬。嫁妆里有一张床，是用沉香木做成的，精雕细琢，举世无双，被火海吞噬后，沉香的香味飘扬开来，据说整个南京城都能闻到香味。

素娇在屋里，自然也知道了这件事，觉得再也没脸面见人了，只好上吊自尽。见素娇死了，金不换也掉了几滴眼泪，拿出一笔钱来为她修了个坟墓。

从此以后，这条街就被人们叫作沉香街。

【故事来源】

据清朝宣鼎《夜雨秋灯录》卷六译写。这个传说在钮琇《觚賸》、慵讷居士《咫闻录》、郑澍(shù)若《虞初续志》卷十一中都有记载。

一箱女红

张三和李四是一对好朋友,张三家里穷,李四家里却很有钱,在城里开了好几家大店。

这一年,张三要到外地去做生意,临走之前,去找李四,对他说:"我这一走,少则半年,多则几载,别的事都好办,就是放心不下家里的老婆和孩子。万一他们的生活发生了困难,也请看在多年好友的情分上,对他们多多关照!"李四一口答应下来,对他说:"区区小事,何足挂齿。你尽管放心去做生意,这里的事,我一定会尽力而为的。"

谁知道人走茶凉。张三出门刚一个月,他家里就揭不开锅了,张三的老婆派儿子到李家借钱,李四却不阴不阳地说:"你父亲临走的时候,倒是和我说起过这事。当时也不过说说而已,想不到他刚走一个月,你就来借钱了。今后的日子还长着呢,俗话说,坐吃山空,你们一家数口肩不能挑、手不能提,老是来借钱,我怎么吃得消?"张三的儿子年纪还轻,一听这话,满脸通红,只是支支吾吾地说着好话,再三恳求。李四却好比是铁公鸡,一毛不拔!

张三的儿子垂头丧气地回到家中,对母亲如实道来。张三的老婆听后,长叹一声,幽幽地说:"这难道就是你父亲最要好的朋友吗？唉，真是人心隔肚皮，一世摸不清啊！"

一家人正在怨天怨地时，门口进来一个老头子。一看，原来是李四家的老用人李义伯。张三的老婆心中正在懊恼，就不客气地把他家主人说话不算数，不肯借钱帮忙的事一五一十数说了一番。

李义伯一听，也为他们打抱不平，气呼呼地说："别人求我三春雨，我求别人六月霜。人情薄如纸哇！算了算了，他既然不肯帮忙，再多讲也没有用。俗话说，求人不如求己，听说夫人的针线活非常精巧，要是能做几只荷包，绣几双花鞋去卖，换点铜钿银子回来，不是一样可以过日子的吗？何必再去看别人的眼色呢。"

张三的老婆叹了一口气说："你这话倒是不错，不过我家现在连锅盖也揭不开了，哪里还有钱去买布料和针线呢？"李义伯拍拍胸脯，说道："这事就包在我身上好了。我家主人在城里开了好几个店，你要用的布料和针线，我都有办法替你先赊来，等你把绣品卖掉之后，有了铜钿，就好周转了。"张三的老婆一听，顿时喜出望外，忍不住千恩万谢。李义伯临走时，又摸出一把碎银子，硬是塞给了他们，让他们先贴补家用。

从此以后，张三的老婆就在家里做起女红来了。她在娘家做闺女时就学得一手好针线活，描龙绣凤，样样精通，如今又憋着一口气，所以格外尽心尽力。她做出来的荷包和花鞋，人人见了都啧啧称赞。再说那李义伯，也确实是个热心人，隔三岔五地就往张家跑，每次把这些荷包和花鞋拿去，总能卖个好价钱回来。这样一来，张三的老婆也就越发有了信心，她克勤克俭地过日子，虽说丈夫不在家，家里的生活反倒比过去更加富裕了。

再说张三，在外头做生意一开始不大顺手，东奔西走，尝尽了酸甜苦辣，三年之后终于赚了一笔银子，风尘仆仆地回家了。

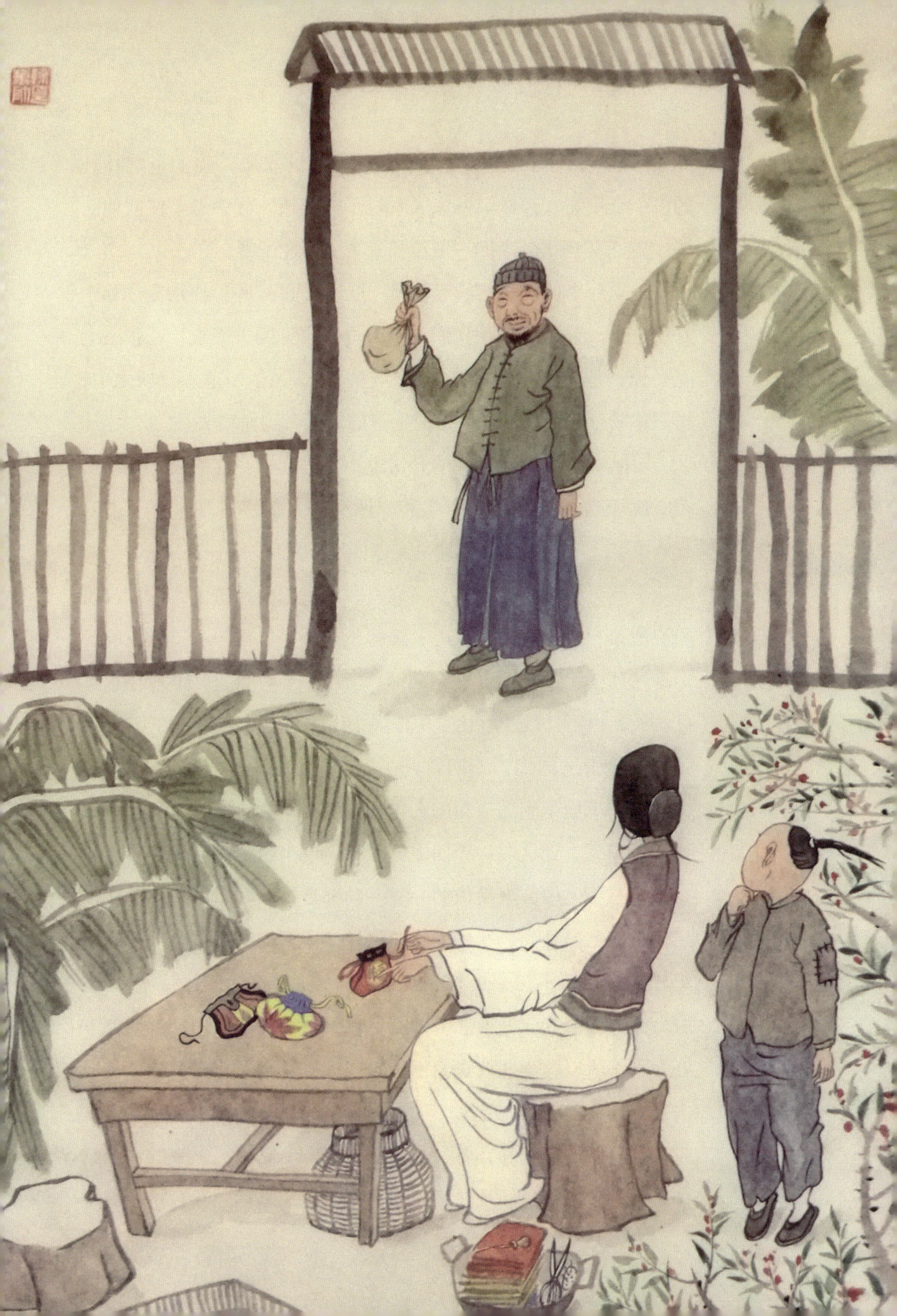

到家一看，不错，全家大小都穿着崭新的衣服，脸上也红扑扑的，个个都喜气洋洋。一家人吃过了团圆饭，张三忍不住问他老婆："这三年当中，李四一定给我家帮了不少忙吧？"

一提起李四，张三的老婆就一肚子牢骚："哼！快别提你那个好朋友了。要是靠他，我们一家人早就去见阎王爷啦！"张三大吃一惊，他老婆就把这三年的经过，细细说了一遍。言谈之中，再三称赞李义伯侠义心肠，而把李四骂了个狗血喷头。

听了这番话后，张三的心情也不平静起来。这一夜，他翻来覆去睡不着，一边想着当年和李四交朋友的那些往事，一边叹气。第二天一早，他匆匆地赶到李四家，要问个明白。

李四见张三来了，非常高兴，一把就把他拉进了客厅，又是吩咐泡茶，又是吩咐上点心，忙得不亦乐乎。再一看，张三的脸上冷冰冰的，都快刮得下霜来了，李四心中有数，知道他在生自己的气，也不计较，就让家中仆人抬出一只大木箱来。

当着张三的面，李四打开了箱子。张三一看，不觉大吃一惊，原来里面是满满一箱的荷包和花鞋，一只比一只精巧，一双比一双漂亮。到这时，李四才笑眯眯地说出了他的一番苦衷。原来，这三年之中，李义伯的一举一动都是李四在暗中指使的。他想，张三远出经商，家中少了顶梁柱，留下的老婆孩子也都还年纪轻轻、阅历不深，要是一味迁就，让他们吃用不愁、舒舒服服，弄不好会养成好逸恶劳的习性，不仅会害了他们，事情也不好办了。所以，李四故意使了个苦肉计，自己做恶人，让李义伯去做好人，让张三的老婆克勤克俭地过日子，也少了许多是非。张三老婆做的荷包和花鞋，其实都是李四出高价买下来的，全收藏在这只大木箱里。现在张三回来了，李四觉得一身轻松，想想问心无愧，就把这一大箱女红抬了出来。他说要完璧归赵，让张三带回家去，倘若将来子女办喜事，也好当作传家的礼物，给小辈留个纪念。

听到这里，张三终于恍然大悟，紧紧拉着李四的双手，眼泪汪汪地说不出一句话来。

【故事来源】

据清朝许奉恩《里乘》卷六译写。

桃夭岛奇婚

当年，江苏太仓有个读书人，名叫蒋生，二十多岁就写得一手好文章。这年春天，他跟着一个叫马生的商人出海，不料遇上了狂风骇浪，商船漂到了一个陌生的小岛上。

正是桃花盛开的季节，岛上一片烂漫，煞是好看。蒋生兴致勃勃地约马生一起上岸，沿着桃林漫步。

走不多远，便看见几十辆绣车一齐驶了过来，蒋生他们停在一旁让路。车上的女子看起来个个都很年轻，只是装束打扮各不相同。有个女子，凹脸、翘嘴、龅牙，真是要多难看就有多难看，却偏偏打扮得珠光宝气，捏着一块花手帕，忸忸怩怩地，实在叫人看着恶心。倒是最后那辆车上，坐着一个漂漂亮亮的姑娘，荆枝做钗，粗布做衣，一点儿也没打扮，可是那天然的姿色美得就连最鲜艳的花卉、最绚丽的珠宝也无法相比。蒋生被这个姑娘迷住了。

蒋生和马生不知不觉地跟在了车队后面。不一会儿，绣车到了官府门口，姑娘们纷纷下车走了进去。蒋生弄不明白这是怎么回事，就向路人打听。有人告诉他："我们这儿叫桃夭村，祖上传下一个规矩——结婚得先经过考试。每年春暖花开的时候，官府就出布告，按容貌给待嫁的姑娘排列名次，娶亲的小伙子则按文章好坏排列名次。然后将这两份名单合起来，甲配甲，乙配乙，把一对一对男女配拢来。今天轮到姑娘们排名次，明天就该是小伙子们进考场了。"

　　蒋生一听，天底下竟有这样有趣的事，真是从来也没有听说过。他心里想着那个坐在最后一辆车上的姑娘，按容貌她准可以得第一名，自己的文才相信也不会落在别人的后面。于是，他决定明天去官府应试，拉着马生找了家客栈住了下来，相信明天加一把劲，一定可以稳操胜券！

　　再说马生，也思念着那个妙龄少女，也想明天参加考试，来跟蒋生商量。蒋生善意劝道："你一向不会舞文弄墨，何必去出这个丑？万一配了个自己不喜欢的姑娘，会痛苦一辈子的。"马生哪里听得进去，犟着脾气一定要去碰碰运气，蒋生也就不好意思再扫他的兴了。

　　果然，第二天在考场上，蒋生一见考题就文思泉涌，写得洋洋洒洒。而马生一向只会做生意，不会写文章，这次真是赶鸭子上架，涂涂改改，改改涂涂，最后只好糊里糊涂地交了卷。

　　考完试，两人回到了客栈。刚一坐下，就有一个书吏来找蒋生，说是主考官刚才翻了一下考卷，觉得他的文章很不错，就是稍微有点小毛病，如果他能拿出三百贯钱来，意思一下，主考官就可以当场拍板，把他排在第一名。

　　蒋生一听，顿时涨红了脸，不客气地说："这不是贪赃枉法吗？真是岂有此理！且不说如今在旅途之中，身边的银子带得不多，就算是腰缠万贯，黄金满屋，我也不会卑躬屈膝到这种地步，让自己的文章沾上一股铜臭味。"

　　书吏碰了一鼻子灰，看看没有通融的余地，只好讪讪地走了。马生却灵机一动，悄悄地跟在了后面，到了一个僻静的地方，一把拉住书吏，把自己随身带着的三百贯钱塞了过去，请他无论如何给自己帮个忙。

几天之后，官府发榜，马生果然高中头名！蒋生竟被排在了最后一名。他长叹一声，心想："文章被他们贬低了，并不可惜。只是这么一来，就要失去那位绝代佳人了，却还要跟一个丑八怪结婚，这可如何是好啊？"他想逃，可是看看周围情势，根本无法逃离，只好闭上眼睛，听天由命了。

不一会儿，主考官一本正经地升堂了，按照发榜的次序，当场给这些男女一一配对。蒋生当然是最后一个了，主考官要求最末名的那个姑娘把蒋生带回家去。

蒋生无可奈何地跟着那女子回家，一路上，心里像十五只吊桶打水——七上八下。谁知到家揭开面纱一看，新娘子长得十分俊俏，简直跟仙女一般。原来她正是蒋生当初一见倾心、念念不忘的那位妙龄少女。

蒋生不觉地奇怪起来，拉着新娘的手细细盘问起事情的来龙去脉。新娘说："我是个穷人家的姑娘，家里常常穷得揭不开锅，日子很不好过，主考官却还向我要一大笔钱，说是如果给了钱，就把第一名的位置留给我。我哪里有这笔钱呢？气不过，就把他骂了出去。谁知道他怀恨在心，故意把我排在了最后一名。"

听到这里，蒋生恍然大悟，一时间感慨万千。他语重心长地对新娘子说："天下之大，真是无奇不有。塞翁失马，焉知非福啊！如果当初我心一软，给了他三百贯钱，又怎么能够有今天这样的好福气呢？"新娘子也忍不住笑了起来，说："在这个世界上，是非颠倒、黑白混淆的事也实在太多了。不过，能保持自己的清白、老老实实做事的人，到最后还是可以得到幸福的。"小夫妻俩情投意合，说说笑笑，真是高兴极了。

第二天，蒋生兴高采烈地赶到马生那里去贺喜，谁知道马生娶的竟是那个明明长得很丑、却偏要捏着一块花手帕忸怩作态的姑娘。怎么会这么巧呢？一问，原来那姑娘家是桃夭村的首富，家里有的是钱，主考官得了她家的好处，自然就让她排第一名了。

蒋生看到马生垂头丧气的样子，不禁感慨地说："花钱买来虚名，却失去了做人的本分，这麻烦是自找的，还能去抱怨谁呢？"

马生心里一直闷闷不乐，住了半年后，就跟着商船回到了大陆。倒是蒋生夫妻俩从此恩恩爱爱，在岛上安居乐业。

【故事来源】

据清朝沈起凤《谐铎》卷四译写。

蜣螂城历险

有个姓荀的读书人,从小喜欢干净,换洗的衣服总要熏上点香味,当地人都叫他"香郎"。谁知道有一次他出海回来之后,竟变得臭气熏天,臭得谁也不敢再接近他了。这到底是怎么回事呢?说起来倒还蛮有趣的呢!

他有个亲戚是做生意的,香郎想出去见见世面,就搭乘亲戚的船一起出了海。一天,海上忽然刮来一阵腥风,船被刮到了一个海岛边上,船上的人不敢上岸,香郎却偏要去看看,就一个人上了岸。

香郎一上岸,就觉得岛上有一股臭气,越往里走,臭味就越浓重,臭得真让人受不了。他正想转身回去时,迎面走来一个老头,大声喝道:"哪里来的龌龊小鬼,敢来冒犯净土?"香郎受不了老头身上发出的臭气,忍不住倒退了几步,这才向老人作揖,请教老人尊姓大名。老人用手捂着自己的鼻子,回答说:"敝姓孔,名方,号称铜臭翁,家住五浊村,最近才搬到这里来的。这里是蜣螂(qiāng láng)城,远近闻名,长官逐臭大人看得起小老,才让我掌管北城门的。想你这位先生一身臭气,满脸龌龊,怎可进城?快走吧,快走吧。"说罢,就要呕吐,仿佛再也受不了香郎身上的臭气似的。

香郎弄不懂了，明明是他臭，怎么反而倒打一耙，说我臭呢？不管他，走过去看个明白再说。

没走多远，果然有一座城。城墙上涂满了粪便，密密麻麻爬满了屎壳郎，总有上百万只吧，看了真让人恶心。进了城，情景更是令人瞠目结舌，每家门口都堆满了粪便垃圾，蛆虫满街游，屎壳郎堆打堆，而且那个臭呀，也真叫人无法忍受。可是，城里的人一见香郎，倒像见了妖魔似的，一个个都狂呼乱叫起来，说是瘴气来了。香郎吓得转身就逃，一时慌不择路，竟跌进了一个粪坑里。

等到香郎挣扎着从粪坑里爬起来，感觉自己真是臭不可闻、狼狈不堪的时候，城里人反倒都围了过来。这个摸摸他的衣袖，说："好香，好香！"那个拉着他的手，上下端详着说："真漂亮，真漂亮！"一个官员模样的人过来说："对不起，小人有眼不识泰山，刚才多多冒犯，请勿介意。"说着，就点头哈腰地把他迎进了贵宾馆。贵宾馆里有个浴池，池水墨黑，香郎不管三七二十一，脱了衣服就朝池里跳，起初还觉得臭，谁知道越洗越有味道，慢慢地也就嗅不出什么臭味来了。

第二天，有个姓马的富商请香郎吃饭，桌上摆满了菜肴，全都是臭鱼烂肉。这时的香郎已经不觉得有什么异样了，照样大吃大喝起来，同桌的人见了，都跷起大拇指称赞。正好，那个孔方翁也来了，和香郎谈得十分投机，两人成了好朋友。

住了几天，香郎忽然想起货船还在海边等着呢，就去跟孔方翁告别。孔方翁为他设宴饯行，临走时邀请他到后厢房去。走进一看，房间里摆满了粪缸，蛆虫爬出爬进。孔方翁说："缸里都是金银，时间越长，成色越足，好朋友要走了，没啥好送的，这里面的，只要你喜欢的，你就自己捞吧。"香郎也不客气，捞了一大把，揣进了怀里。

香郎告别孔方翁，离开蜣螂城，回到了船上。船上的人哪里受得了他身上的那股臭味，一边开船返航，一边就用海水来替他冲洗。一连冲洗了三天，总算把他身上的那股臭味冲淡了一些，不过还是没有人敢跟他说话。因为只要他一开口，那五脏六腑里积郁着的臭气就从嘴巴里冲出来，谁受得了啊？于是，香郎只好一个人躲在后舱，好不容易挨到了货船靠岸。回到家中，他拿出从蜣螂城里带回来的一大把金银，想在家人面前炫耀炫耀。可家人一见这些金银就忍不住呕吐起来，这种臭气是他们一辈子也没闻到过的。

从此，香郎成了当地最不受欢迎的人。他只好整天躲在家里，闷闷不乐，直到死去。

【故事来源】

据清朝沈起凤《谐铎》卷十译写。

金竹寺

有个安徽人,名叫肖灵威,年纪轻轻,喜欢打抱不平。在家乡,他跟人结下了仇恨,有些待不下去了,就逃到外地去避难。

这天,肖灵威在月下散步,忽然听到路边的茅草屋里有人在哭。走进去一打听,原来是一对寡妇母女。只因当地有个恶霸,名叫魏虎,他横行霸道,一手遮天,看中了她的女儿,硬要娶去做小老婆。女儿不肯,几次想上吊自杀,母亲舍不得她死,只得日夜看守,却又没有办法救她,俩人只好抱头痛哭。

听了这番诉说,肖灵威一肚子的火腾地就升起来了,他回到客栈,拿了把刀就去找魏虎。寻到魏家,翻过院墙,东寻西找,终于看见魏虎正和一班男女在一间屋子里喝酒。仔细一听,那几个人正在拍他的马屁:"东街寡妇的女儿还假惺惺地在那里哭呢,明天一进洞房,只怕她笑都来不及呢,赶都要赶不走了。"魏虎恶狠狠地说:"她哭个屁!要是再啰唆,就把她关进冰窖,冻死她。"一时间笑声浪语,不堪入耳。肖灵威再也忍不住了,一脚踢开房门,闯进去就把魏虎给杀了。旁边的两人想要反抗,也被他杀了。临走时,肖灵威拿起桌上的酒杯,连饮三大杯,又蘸血在墙壁上写下"杀人者肖灵威也"几个大字。

翻墙出来,一阵冷风吹过,他猛然清醒,心想:完了,这下又闯祸了，该往哪里逃呢？

忽然间，他看见前面有个穿白衣服的人，手提一盏莲花灯飞快地走。那是谁？干什么的？肖灵威不管三七二十一，跟着灯光就奔跑起来。说来也怪，他跑得快，那灯就跑得快，他跑得慢，那灯也跑得慢，始终在他前面引路。天一亮，那白衣人竟不见了，只有那盏莲花灯被扔在了荒草丛中。肖灵威走近一看，这哪里是什么灯笼，原来是一锭银子，掂一掂分量，足足有四十两呢。再一看这地方，离县城竟已有五百多里了。

肖灵威拾起了银子，当即渡江南下，来到了杭州。这天，他在天竺山一带游览，走着走着，走到了一个僻静的山洞口，见洞中有个老和尚，慈眉善眼，正在打坐。等他走近，老和尚突然开口问："人家娶小老婆，关你什么事？"

肖灵威一听，感觉好比是晴天霹雳，怎么也想不到这儿有个老和尚会知道他的老底。他忽然冒出一个念头：索性把老和尚也杀了吧，省得碍事。谁知这念头刚一冒出，那和尚就猜到了，他慢悠悠地说："好没良心的年轻人，我提了莲花灯接你出城，你反倒想杀我吗？"

肖灵威顿时吓得跪了下去，连连叩头求饶："菩萨救我，菩萨救我！"

老和尚说："这里也不是久留之地。我介绍你去扬州金竹寺铁方丈那里，请他留你住三天，就可逃过这场灾难了。"说罢，他递过一封书信，催肖灵威快去扬州。

肖灵威来到扬州，问遍了所有的人，都说没有这个金竹寺。他忧心忡忡，又不敢住在城里，就到郊外找了个小客栈住下。

这天夜里，他在东关浮桥上漫步，月色朦胧之中，忽然看见前面过来两个和尚,后面和尚的肩上背了个包,前面和尚的手里提了一盏灯笼,灯笼上写着"金竹禅院"四个字。肖灵威心中一动,正想拉住和尚打听,不料他们已飘然而过。他赶紧转过身,拔腿就追。一连追了四五里地,一直追到一个山谷中,才算追上。和尚转过身来问他:"客官为什么追我们?"

肖灵威一面喘气,一面取出天竺山老和尚的书信,把事情的经过说了一遍。和尚笑着说:"喔,原来是白衣豁棘尊者的书信。既然如此,你就跟我们来吧。"于是,和尚领着他走过一段弯弯曲曲的山间小路,终于来到一个大寺院的山门前。

和尚让肖灵威在外面等候,自己进去禀报,不一会儿,他又出来了,说:"方丈已经禅定了,不便出来见你。你在寺内暂住三天吧。"肖灵威连连称谢,跟随和尚来到一间厢房,住了下来。

三天后,肖灵威要走了。那和尚来送他,随手从路边的竹子上采下一丛竹叶,递给他,说:"没什么礼物好送的,送你一丛竹叶以表我的心意吧。"肖灵威也不在意,就接了过来,塞进衣袖,离开了金竹寺。

出来的时候已经是夜里了,肖灵威循着山路东拐西弯,一路跋涉,到天亮的时候,已经到甘泉山下了。再摸摸衣袖,一路奔波,竹叶早已散落了大半,只剩下三四片还留在竹枝上。再仔细一看,那竹枝和竹叶竟全是金的!肖灵威这才恍然大悟,原来金竹寺的名字是这么个由来。

进城一问,他又吓了一跳,原来寺中三天,城里已过去三年。风头已过,他把金竹叶卖了,换一些本钱,做起了小本生意。几年下来,倒也赚了不少。

这天,肖灵威出门办事,忽然在街上遇见两个讨饭的女乞

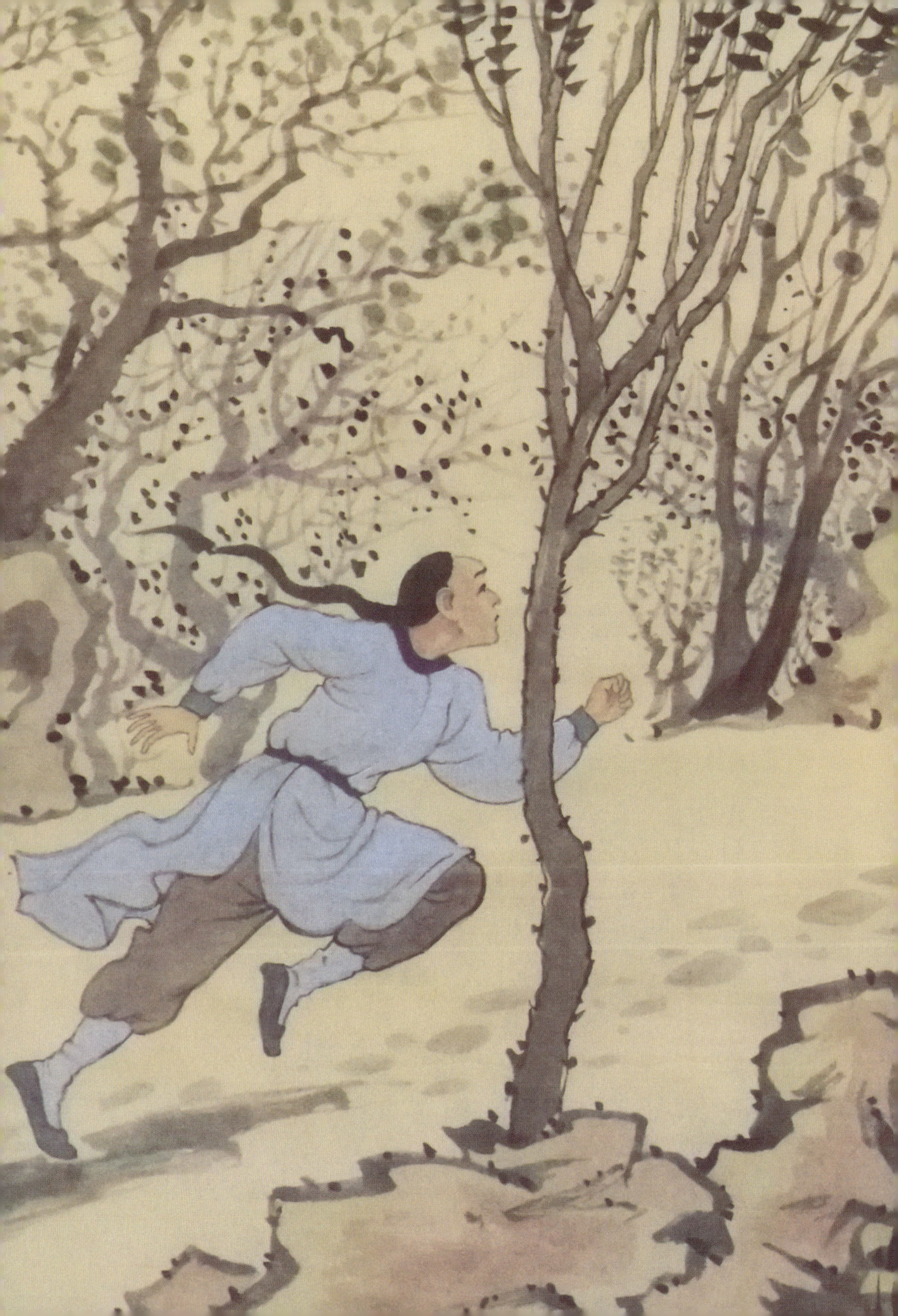

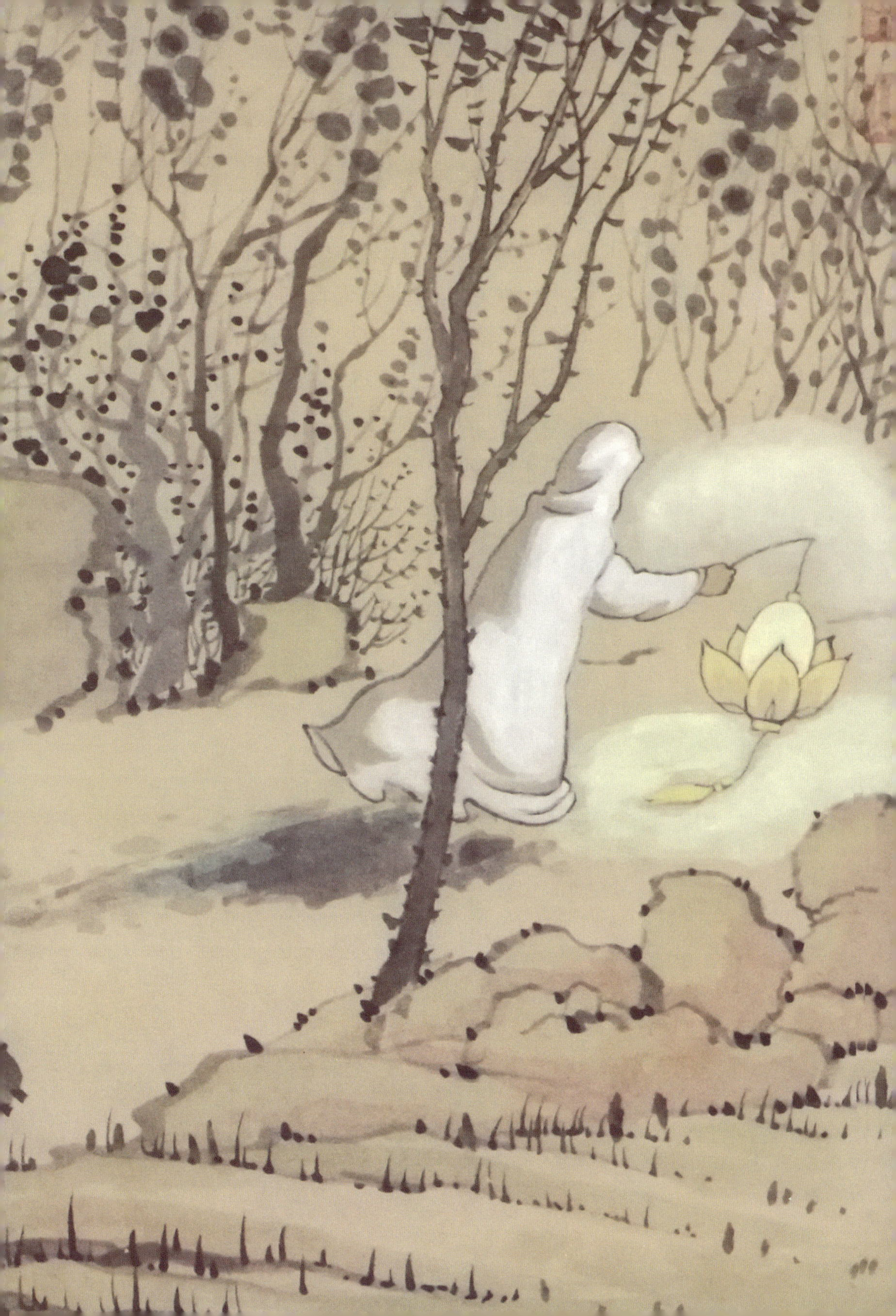

丐。她们一拦住他,就跪下叩头,竟是当年茅草屋里的母女俩。肖灵威连忙把她们带回家,关起门来问个仔细。那个寡妇说:"恶霸魏虎死了之后,他儿子告到官府,官府抓到一个'凶手',跟恩公你长得一模一样,被绑赴刑场杀了。谁知道脑袋落地之后,尸体就不见了。我不忍心,半夜里去把那头颅偷了来,想替你做个坟墓。谁知刚刚掘了几锹土,那头颅变成了一盏莲花灯。后来官府也知道了这事,并没有再追究。我怕受到连累,就带着女儿逃了出来,在这里讨饭也快三年了。"肖灵威也把自己怎么杀死魏虎,怎么逃到杭州,怎么遇到白衣尊者,又怎么到扬州金竹寺的事一五一十说了一遍,大家都感慨不已。他把母女俩留了下来,不久,又和那女孩子结婚了,把丈母娘当作自己的亲生母亲一样,一家人生活得很是和睦。

后来,肖灵威几次进山找金竹寺,找来找去,却再也找不到了。

【故事来源】

据清朝宣鼎《夜雨秋灯录》卷八译写。

屈死鬼告状

当年,商州有个做小本生意的人,人们都叫他张老二。他天天风里来雨里去的,十分辛苦。这天夜里,他从外地回来,走到一片乱坟丛时已是半夜,忽然,听见有人在"咿咿唔唔"地念书。天气已近深秋,野地里风吹落叶,窸窸窣窣,夹杂着这似断似续、飘飘忽忽的读书声,真让人有些毛骨悚然。张老二停下脚步仔细一听,那读书声仿佛是从坟墓里传出来的,于是他壮一壮胆,大喝一声:"何处野鬼在这里作祟?!"

谁知道这一喝倒蛮灵光,那读书声顿时消失了。不一会儿,从坟墓中飘出一股青烟,青烟散去之后,一男一女两个青年人慢慢朝张老二走来。张老二一见,吓得两腿像在弹琵琶,心中暗暗叫苦:糟糕,今天真是遇见鬼了!

那两个鬼看起来并没有害张老二的意思,反倒客客气气地跟他攀谈起来。原来,那男鬼是襄阳人,名叫李坚,父亲是商州知府。他赴试落第,心中不服,想到北京再去碰碰运气,便绕道商州,顺便来探望父亲,谁知路过这里时,遇到一伙强盗。强盗当场把他杀死,草草掩埋后,一走了之。而这个坟墓里原先埋着一个女子,是当地一家大户人家的婢妾,因遭主妇忌妒而被活活害死。于是,这一男一女两个鬼魂萍水相逢,在这荒天野地里相依为命，久而久之竟也产生了爱情。今天好不容易遇见了张老二，想请他帮个忙。

听到这里，张老二十分感动。他拍拍胸脯说："俗话说，在家靠父母，出外靠朋友。有什么事，二位尽管直说，我张老二一向助人为乐。你们的事就包在我身上了。"

听张老二这么一说，那个鬼书生恭恭敬敬地朝他作了个揖，郑重其事地说："我和她既然已经住在同一个坟墓里了，总得正儿八经地办一办婚事吧。喏，这里有一份婚契，务请老兄带到城隍庙去，作为我俩的大媒，请老兄署上你的大名，并把这婚契在城隍老爷面前烧掉，这样，我俩也算名正言顺了。再说，我惨遭横死，残骸被乱抛，实在是寒心，务请老兄好事做到底。我这里有白银两锭，足足四十两，请老兄为我代办一副棺木，为我重新入殓，与她同葬此坟，了此心愿。老兄的大恩大德，我俩将永世不忘。"

张老二一听，还有银子到手，劲头儿就更足了。他伸手接过银子和婚契，放进随身携带的包袱中，告别这两个鬼后，就上了路。

张老二回到家，关上房门，点起了灯，从包袱里取出银子来，仔细一看，银光灿灿，果然是货真价实的上等纹银。他不觉地高兴得笑出声来，自言自语地说："这两个鬼倒也痴得少见，死都死了，还要结什么婚？再说，要我给他买棺材，也实在是异想天开。谁不知道挖坟掘墓是犯法的事，我何苦去自寻麻烦呢？算了算了，我张老二不想做什么好事，也不想犯法。铜钿银子最实惠，今朝有酒今朝醉，还是让我舒服几天再说吧。"说罢，他竟兴冲冲地进了赌场。

反正这两锭银子是飞来横财，他一赌赌了十来天，连生意也不想做了，哪里还记得鬼书生的事？谁知道乐极生悲，这天张老二刚要出门，知府衙门的差役就把他抓了去。

到公堂上一看，赌场上的几个朋友都在。原来他们拿着从张老二那里赢来的银子去买东西，店铺老板说这是纸锭灰。查来查去，最终查到了张老二头上，说他有妖术，竟敢造假银子，这还了得！

张老二大喊冤枉，只好竹筒倒豆子，一五一十地将事情和盘托出，说这两锭银子是一个鬼送给他的。

知府大人一听，觉得事情越来越荒诞了，心想：世上哪有这种事？！分明是张老二不老实。所以他拍起惊堂木，吩咐用刑。一用刑，张老二还没招，他的一个赌友曹老四倒先招供了，连声说："老爷饶命，是我害死了李公子，是我害死了李公子。"

这究竟是怎么回事呢？原来，那曹老四就是当初拦路抢劫的强盗之一，今天在公堂之上听到张老二和盘托出的事情，一下子紧张起来，吓得他把那天抢劫的事情说了出来。这真是言者无心，听者有意。

再说，堂上的知府大人正是李坚的父亲，他早就知道儿子要来，可是等了几个月都不见人影，也不知道是怎么回事。现在审案审出这么个蹊跷来，不觉大吃一惊，连忙吩咐手下把这几个犯人一一隔离，逐个审讯。

先审张老二，要他交出鬼书生给他的婚契。张老二由差役押着，回家取来。知府大人一看，这哪里是什么婚契？分明是一份血状，字字句句诉说的都是当初惨遭杀害的详细经过。原来那鬼书生也是个聪明人，故意留了一手。张老二自以为得计，结果中了鬼书生设下的连环计。

知府大人一读血状，声泪俱下，当即升堂，再审凶犯曹老四，并顺藤摸瓜，将这伙强盗一网打尽。接下来，自然是办理鬼书生安葬的事情。知府大人按照他们的愿望，将他们合葬在一个坟墓里。那个张老二呢，受了这场惊吓之后，做人也本分多了。

【故事来源】

据清朝长白浩歌子《萤窗异草》二编卷二译写。

千里寻仇

清朝时候，浙江瑞安茶叶商人朱老三，贩茶到姑苏城，长年住在那里的招商客栈。招商客栈隔壁住着一个年纪轻轻的寡妇。朱老三旅途寂寞，常常有意无意到寡妇家串门，久而久之，双方都有了情意。

这一年，茶叶价格暴跌，原本就是做小生意的朱老三哪里经得起这场风波？他整天愁眉紧锁，长吁短叹。寡妇看着心疼，就拿出自己积蓄的几百两银子借给他，让他重整旗鼓。有了这笔资金垫底，再加上第二年茶价暴涨，朱老三不但翻回了老本，还赚了一大笔钱。

这天，朱老三喜气洋洋地去找寡妇，把去年借的银子连本带息地一并还清。寡妇也喜上眉梢，备了酒菜留他喝上几盅。喝着喝着，寡妇吞吞吐吐，表示有意要终身相托。朱老三说："我瑞安老家已经有老婆了，不过你要是愿意做我的小老婆，这事也不难。好在你自己有钱，我又发了一笔小财，回到瑞安，尽可以另外去租一幢房子，独门独户地过日子。我可以两边走动，你看好不好？"

寡妇听后，觉得这倒是实话，再加上这几年对朱老三的观察，觉得这人诚实可靠，想想自己毕竟是寡妇，能有这个归宿，已经是烧高香才能遇上的，于是当即答应了下来。

过了几天，朱老三要回瑞安了。寡妇二话没说，就把这辈子积攒的金银首饰全拿出来交给了朱老三，托他打点行李。两人约好三天后一起南下。

谁知道画龙画虎难画骨，知人知面不知心。这朱老三表面看上去蛮老实，实际上是个大滑头。他回到客栈，打开这包金银首饰一看，顿时起了黑心。第二天一早，他闷声不响，一个人雇了一艘快船，悄悄地离开了姑苏城。

那寡妇在家里眼巴巴地等，三天一过，朱老三却杳无音讯。她让隔壁一个老婆婆陪着，一起到客栈去寻。客栈伙计说，朱老三在三天前就走了。寡妇一听，顿时晕了过去。老婆婆慌了，又是掐人中，又是泼凉水，折腾了好一阵，才把寡妇救醒过来。问她是怎么回事？寡妇只是闷头哭，就是不开口。眼看天色已黑，老婆婆要回家了，伙计特地开了一个房间，让寡妇在客栈休息一夜，等天亮了，再作计议。

这一夜，寡妇一直哭哭啼啼，她越想越冤，越想越愧，而这种事还声张不得……想想自己实在没脸再做人，三更过后，竟一根裤带挂上梁，上吊死了。

一晃几年过去了。这一年，有个平阳的茶叶商人凌阿大，贩茶叶到姑苏，也住进了这家招商客栈，正好住进了当年寡妇吊死的那个房间。半夜里，他总觉得有个黑影，人不像人，鬼不像鬼，在哭泣。凌阿大心慌意乱，吓得连忙点燃一炷香，默默向空中祷告："倘若你有什么冤屈，不妨托梦给我，只要我帮得上忙的地方，我凌阿大一定尽力而为。"

说来也怪，这一夜，凌阿大果然梦见了当年吊死在这个房间里的寡妇。寡妇声泪俱下,把朱老三骗她钱财,害她上吊冤死的前后经过,细细诉说了一遍。她又说:"这几年一直想找个客商能助一臂之力,却总是没有合适的人,听说凌先生是平阳人,回家要路过瑞安,求你大发慈悲,把我带到瑞安去吧。"

凌阿大说:"我是人,你是鬼,我怎么能带你到瑞安去呢?"

寡妇说:"我的魂可以附在你的雨伞和手巾上。凡是过桥或换船的时候,你就轻轻叫几声我的名字,这样就不会失散。好吗?"

凌阿大一听,原来这么简单,就一口答应下来。接下来的几天,房间里就不再有鬼哭声了。

凌阿大做完生意,照着寡妇鬼魂吩咐的方法,把她一路带回了浙南。船过瑞安码头时,他故意把雨伞和手巾扔在了码头上,轻轻地说:"阿嫂,我要回平阳了,剩下的一切,你自己好自为之吧。"

这时候,正好有个卖腌蟹的老婆婆挑着货担走过码头。她看见有人把雨伞和手巾忘在这儿了,再看看还都是半新不旧的,能用好一阵子呢,就一声不响地把它们捡起来,放进货担里,挑着担子走乡串村去了。

哈哈,这可实在是个好机会。寡妇的鬼魂正愁找不到冤家对头呢,如今,有这么一个老婆婆带着她在四乡八里转悠,真是再好不过的事情啦!寡妇的鬼魂形影不离地跟着卖腌蟹的老婆婆,走乡串村,寻找那个负心汉。

那个负心汉朱老三究竟在哪里呢?这家伙昧着良心吞了寡妇的家产,回到瑞安家中后,当即买田买地,造起新屋,又在镇上开了一个药铺,后来他又娶了个年纪轻轻的小老婆,真是好不得意!谁知道天网恢恢,疏而不漏。这天,他正坐在药铺里朝外看街景，忽然看见门口停着一副腌蟹担子，那担子里除了腌蟹之外，还不伦不类地放着一把雨伞和一块手巾。忽然，他觉得身上一阵发冷，忍不住打起寒颤来，坐也坐不稳，站也站不安，心中很是烦躁不安，老是回想起几年前在苏州城里的事情。过一会儿，他看见那寡妇满脸是血，朝他哭诉；又过一会儿，看见那寡妇伸长了舌头，正对他怒目而视。朱老三惊恐万状，跪在地上拼命磕头，可寡妇的鬼魂依旧缠着他不放。

朱老三被吓疯了，披头散发地跑到大街上，逢人就说自己当年如何丧心病狂骗寡妇钱财的丑恶行径，还一边说一边打自己的耳光，弄得瑞安城里人人都知道朱老三是个大坏蛋。一个月之后，有人看见朱老三吊死在药铺门口，却没有一个人可怜他，都说他罪有应得。

【故事来源】

据清朝百一居士《壶天录》卷中译写。

秦吉了做媒

清朝时候，四川成都平原上有一个大户人家，家里有个婢女，长得十分漂亮，人又聪明能干。主人宠爱她，不把她当作一般的丫鬟使唤。那时候，正好有个太守辞官回故里，带回来一只秦吉了，送给了这个大户人家。秦吉了是一种鸟，又叫"鹩(liáo)哥"，出产在广西一带，羽毛十分漂亮，还会模仿人说话呢。主人喜欢得不得了，就吩咐这个婢女专门负责照料秦吉了，别的事就不用做了。

一天，这婢女正在给秦吉了喂食，秦吉了忽然拍拍翅膀说话了："姐姐喂我，一定会嫁个好姐夫的。"婢女被它这么一说，不由得满脸通红，举起扇子去打，谁知道秦吉了只是"咯咯咯"地笑个不停，一点也不害怕。

从此以后，这鸟儿常常跟婢女说话，有时候婢女也逗着回答，有时候却笑着骂它。她原本一个人单独住，后来她俩慢慢地成为了一对小姊妹，一天不说笑，倒觉得怪寂寞的。

这天，婢女关起房门，在屋里洗澡。忽然听得秦吉了说："姐姐真漂亮！"婢女难为情死了，来不及穿衣服，光着身子就要去打它。却说这鸟早已养乖了，也刚刚洗过澡，所以笼子门没关，现在见婢女来打它，就"扑棱"一下就飞出了笼子，在屋里乱兜圈子。婢女一个劲儿地追它，被逼急了，它竟一头撞在窗户纸上，把窗户纸撞破了个洞，索性飞出窗外，转眼就不见了踪影。

那婢女眼睁睁看着鸟儿飞走，连忙穿好衣服走出房门，可是哪里还找得到？她生怕主人怪罪，就想出个计策来。她故意把鸟笼挂在屋子外面的走廊下，然后到主人那里去哭诉，说是有人故意使坏，偷偷打开鸟笼，把秦吉了放跑了，该打该罚，主人你看着办吧。主人一向宠爱这个婢女，也知道丫鬟里面不少人忌妒她，所以并不责怪她，反倒在别的丫鬟中间追究起来。毕竟这事查不出什么凭据，闹了一阵，也就不了了之。

过了十多天，那婢女奉了太太的命令，到梁家去看望梁太太。却说梁太太的儿子名叫梁绪，年少英俊，风流倜傥，这天正在书房里读书，秦吉了忽然飞到他的书桌上，对他说："郎君，我为你找了个好姑娘，跟你可是天生的一对，郎才女貌，般配极了，快去看看吧。"梁绪一惊，抬起头来，才知道是秦吉了在跟他说话呢。他放下书本，要去捉鸟，秦吉了"扑棱"一下飞到空中，却又不急着飞走，似乎要在前面领路。梁绪更是惊讶，索性跟着秦吉了走出院门。这时候，那婢女正好进门，秦吉了却不见了踪影。

梁绪一看，进门的女子果然年轻美貌，青衣红裙，落落大方，再看她走路的姿势，很有风度，与众不同。他偷偷跟在那婢女的后面，婢女进屋，和梁太太说话，梁绪这才知道她是附近大户人家的婢女。婢女一回头，看见梁绪正目不转睛地看着自己，不觉一阵脸红，随即又眉目传情，表现出恋恋不舍，却又不敢跟他说话。

婢女回来，到太太那里回复了这次看望的经过后，就回自己的卧室休息。进门一看，那只空鸟笼还挂在她的床边，秦吉了却闭着眼睛，蹲在笼子顶上休息呢。那婢女喜出望外，连忙蹑手蹑

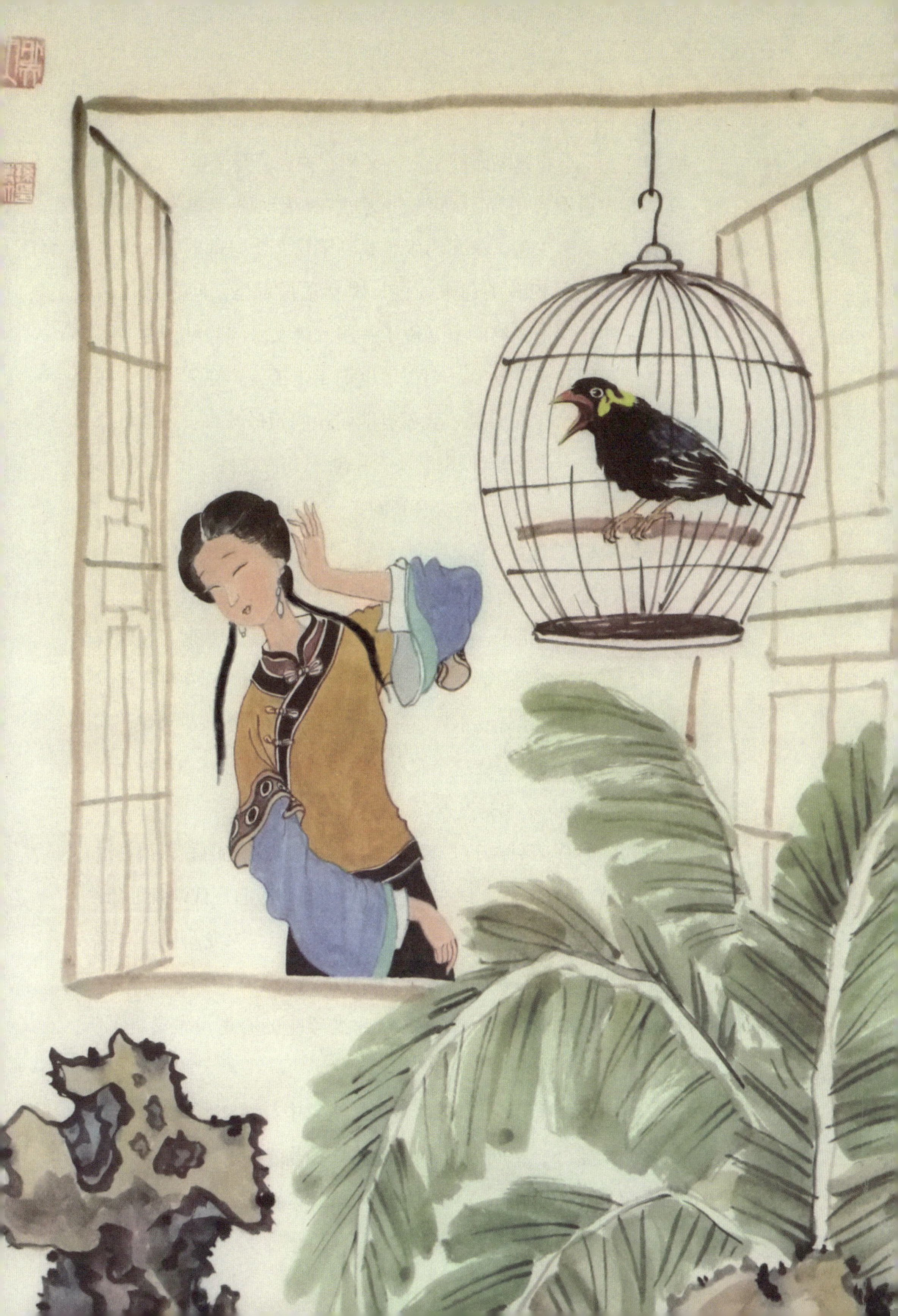

脚走过去，小心翼翼地捉住它，又把它关进了笼子里。

谁知道秦吉了却不高兴了，吵吵嚷嚷地说："我为姐姐四处奔波，吃了多少苦，这才为姐姐找到了这么个好郎君，你也不谢谢我，反倒要把我关起来啦！"婢女觉得奇怪，问它是什么意思，那鸟儿就把梁绪的事又说了一遍。婢女一阵脸红，这才明白过来，于是打开了鸟笼，秦吉了也不飞走了，蹲在床榻上，和婢女谈起心来。秦吉了说："我没有能耐把姐姐搭救出去，但可以为姐姐传递心声。"婢女低下了头，一时不知说啥好。鸟儿笑着说："女孩子家就是这样，羞羞答答的，一点儿也不爽快。有人来了，我先走啦！"说罢，它又不见了。

那婢女自从见过梁绪之后，心想着自己要是能有这么个终身伴侣，也就心满意足了，可再想想自己的处境，又为难起来，躺在床上，竟一夜没合眼。第二天，秦吉了又飞了回来。婢女对它说："主人很宠爱我，他是轻易不肯放我走的。再说，梁生年少英俊，前途无量，他真的愿意娶我这个婢女吗？这事恐怕要让你白忙一场了。"鸟儿听懂了她的心事，点点头，也不多说，又飞走了。

傍晚时分，秦吉了又飞回来对婢女说："梁生的心思都在这首词里了。"婢女问它，词在哪里？秦吉了当场把一首词背诵出来，词的大意是说：当年的萧史与弄玉结为夫妇，乘龙跨凤，双双飞天，传为千古佳话；你要学他们的样子，大胆表白你的爱情才是。婢女一听，非常高兴，就把自己思恋梁生的心思说给秦吉了听，让它再去转达。

秦吉了不辞劳苦，再次飞到梁绪家中，转达了婢女的心思。梁绪喜出望外，又问鸟儿，那婢女识字吗？鸟儿点点头。梁绪当场提笔写了一封信，表示他的爱慕之情，缄封之后，放在了地上。秦吉了当即用小嘴衔了这封书信，又飞走了。

谁知道秦吉了这一去，竟一连几天都杳无音讯。梁绪盼望心切，坐立不安，不久后就听说这大户人家新近死了个婢女，已经下葬了。他的心中咯噔一下，连忙托人去打听。结果是，死去的果然就是他的意中人。这消息犹如当头一棒，梁绪一个人躲在书房里偷偷地哭了起来，却不知道那婢女究竟是为了什么才死的。

原来，那天秦吉了衔着梁绪的亲笔信，飞回来交给婢女。那婢女识字却不会写，读完信后，只好把自己的意思再说给秦吉了听，请它转达，并脱下自己戴的一副耳环，让秦吉了衔着，交给梁绪。谁知道天有不测风云，人有旦夕祸福，秦吉了飞到半路，偏偏遇上几个恶少年在打弹弓，一颗弹子飞来，打中了它的头部，它当场死去，婢女的口信也就永远带不到了。

不几天，婢女家又出事了。原来，这家主人准备娶她做小老婆，可婢女已经爱上了梁绪，自然坚决不肯，这样一来，主人也不再宠她了。家中的丫鬟们原先就很忌妒她，现在有了机会，当然不肯放过，她们群起而攻之，都说这婢女常常深更半夜还在卧室里跟人说话，肯定是行为不端。主人一听，就越发有了醋意，派人去搜查这婢女的卧室，终于搜到梁绪写给她的情书。他暴跳如雷，命人把婢女绑了起来，严刑拷打，要她交代全部的事实。婢女有口难辩，想想这鸟儿传书做媒的事，就算说出来人家也不会相信，她索性咬紧牙关，什么也不说。主人十分恼火，打得她遍体鳞伤、奄奄一息，不等她断气，就把她放进棺材，派人把她埋了。

婢女的这段经历，梁绪自然是无法知道的。这一天，他正在书房里默默流泪，哭着哭着竟伏在书桌上睡着了。睡梦之中，他恍恍惚惚地看见一个年轻女子，穿着羽毛衣服，飘飘然地走过来，朝他行了个礼，说道："我就是秦吉了。生前为郎君和我姐姐做媒，眼看就要成功了，却偏偏遭到飞来横祸。我被恶少年的弹子打中身亡，我姐姐也差一点被主人活活打死，真叫人悲痛欲绝。幸好我姐姐还有一线生机，郎君愿意去救她吗？"

梁绪一听，连忙起身追问，那女子举起手指了指方向，对他说："郊外百步远的地方，就是我姐姐的坟地。"说完，那女子便倒在了地上，随即又变成一只鸟儿，飞到天上去了。

梁绪惊醒过来，连忙吩咐仆人备马，到城外去寻找那婢女的坟地。找到之后，一直等到半夜，才和仆人一起悄悄地去挖坟。幸好葬得不深，挖到棺材之后，听得见棺材里还有轻微的呼吸声，打开棺材一看，那婢女果然还活着，只是非常虚弱，梁绪实在是喜出望外。他朝四周看了看，见有尼姑庵，就赶紧跑去敲门，跟尼姑说明了事情的经过后，那尼姑答应收养。于是，梁绪把婢女背到了尼姑庵，给了尼姑一大笔银子，托她细心照料。全部安排妥当后，才和仆人回家去了。

过了一个多月，那婢女终于恢复了健康。梁绪托尼姑做媒，只说是穷人家的女儿，求他母亲答应这门亲事。

梁太太到尼姑庵去相亲，一见这姑娘怎么这么面熟，好像在哪里见过似的。那婢女也不隐瞒，就把自己的事从头到尾说了一遍。梁太太一向宠爱儿子，所以就顺水推舟答应了下来。

据说，梁绪为了怀念秦吉了的这番情意，每次见到有人捕获秦吉了，他总是花钱买下来放生。

【故事来源】

据清朝长白浩歌子《萤窗异草》三编卷三译写。

巡抚夜行

清朝年间，浙江有个巡抚，为人刚正不阿，而且生性幽默。那一年，他听人说，萧山县的县令能力很强，上任以后，连续破了几桩大案，政绩出色。他还听人说，这个县令独断专行，鱼肉百姓，不是个好东西。到底是好是坏，仅凭别人的说法，也分辨不清啊。耳闻是虚，眼见为实，萧山离杭州很近，巡抚决定自己亲自去看看。

一天，他没有带随从，一个人悄悄地来到了萧山。他东看看，西问问，走到一处，忽然听见远处有人大声吆喝。再走近一点，看见前面有衙役提着灯笼，耀武扬威，县令端坐在轿子中，后面还跟着一大帮衙役，浩浩荡荡，煞是气派。

巡抚见此情景，微微一笑，竟在路当中踱起方步来了。有个差役过来，推了他一把，恶狠狠地说："喂，你是聋子吗？为啥不让路？"

巡抚朝他看看，也不发火，笑眯眯地说："我是你们大人的老朋友，还要让路吗？麻烦你去禀报一声吧！"

萧山县令在轿子里也听到了，心想：这个人的声音怎么这么熟？他掀开轿帘一看，不觉吓了一跳，这不是巡抚大人吗？他不敢怠慢，连忙下轿，一路小跑，上前请安。

巡抚依旧笑微微地问:"这么晚了,还要到哪里去呀?"

"禀大人,卑职正在巡夜。"县令说。

"喔,巡夜。现在巡夜,是不是太早了点呢?"巡抚不阴不阳地将了他一军,不客气地说:"巡夜,那是为了抓坏人。现在你摆开了这么个阵势,前呼后拥,吆喝开道,人家躲还来不及呢,你还能查到什么事,抓到什么人?来来来,轿子别坐了,让随从们回去睡觉,我们两个人一块儿走走。今晚我陪你巡夜,好不好?"

这番话说得萧山县令直冒冷汗,哪里还敢说半个"不"字。巡抚呢,也不管你答应不答应,伸出手来,一把拉住萧山县令的手,自顾自地朝前走去,萧山县令只好很不情愿地跟着。

一走走了好几里路,七拐八弯,来到一家酒店门口。屋里露出了灯光,看来酒店老板还没睡,巡抚又笑微微地开了口:"今天巡夜,你大概也累了吧?我来请客,咱们去喝上几盅吧。"于是他敲开店门,说是要喝酒。

几盅酒下肚,巡抚的话就多了起来。他把酒店老板叫到桌子边,一定要敬他几杯。酒店老板不知道这两位客人是什么身份,说话自然也就有些随便。

巡抚问他:"近来生意好吗?"

"生意倒还马马虎虎。"

"赚了不少钱吧?"

"哪里话,钱是赚不到的。"老板触动了心事,不禁长吁短叹起来。

"不是说千做万做,蚀本生意不做吗?"巡抚一边有滋有味地啃着鸡大腿,一边问。

"不瞒你说,开酒店,赚头总是有一点的,就是近来官府摊派太重，弄得我们反而亏本了。"

"喔？竟有这种事情！你是普通老百姓，有什么好摊派的呢？"

"怎么没有？新来的萧山县令爱财如命，他才不管你开的是茶馆还是酒店，只要开门做生意，就得按规定每个月交上例钱。差役上门，狐假虎威，还会加倍勒索，老百姓只得忍气吞声，自认倒霉，你说有啥办法？"酒店老板越说越气，索性扳着手指头一桩一桩地数说起来，他哪里知道坐在他对面的就是萧山县令。萧山县令的脸一阵红一阵白，想走，又不敢走，只好硬着头皮坐在那里听。

巡抚又问："照你这么说，萧山县令的问题不少啰，难道他的上司一点也没有觉察吗？"

酒店老板皱着眉头说："听别人讲，新上任的浙江巡抚是个清官。不过到底清不清，我也不知道。他的官做得大，事情也管得多，一天到晚忙得不得了，这种事情他一时三刻是不会知道的。再说，像我这么一个小老百姓，哪里见得到巡抚大人？又怎么敢跟他去啰唆呢！"

巡抚还是不动声色，依旧一边谈笑风生，一边喝酒，直喝得满脸通红，才摸出银子付清酒钱，拉着萧山县令出了店门。

迎面吹来一阵冷风，萧山县令一阵哆嗦，朝巡抚偷偷看了一眼，生怕他当场翻脸。巡抚却搂着他的肩膀，一边打着饱嗝，一边安慰他说："老兄别放在心上。老百姓说话，难免会说过头，哪能句句都听，是不是？好了好了，你也别生气了。这酒倒还是不错的嘛！"听到这里，萧山县令才稍稍放心了些。

又走了一段路，巡抚说："我也该回去了，咱们就此分手吧。"于是他拱拱手，晃晃悠悠地走了。

谁知巡抚没走多远，又回过头来，去寻刚才那家酒店。到了那里，他"砰砰砰"一阵敲门，说是要借宿一夜。

酒店老板打开门来一看，原来是刚才喝酒的客人，就对他说："实在对不起，我这儿不是客栈，哪来的客房？"

巡抚朝他眨眨眼，凑到跟前神秘兮兮地对他说："你闯下大祸了，你知道吗？我是为了保护你，才赶回来的。"酒店老板一听这话，便着急起来，连忙请他到里面去，安排床铺，留他过夜。

到了后半夜，果然来了一大帮人，"乒乒乓乓"地敲门。酒店老板刚一开门，一根铁索就套在了他头上，原来当地里胥(xū)*带着县衙门的差役抓人来了。

巡抚连忙赶过来，对差役们说："我是老板，你们抓我吧，跟他没关系。"

里胥弄不懂了，这个人是谁？怎么没见过？于是就呵斥起来："县官老爷指名道姓要抓这家酒店的老板。你算老几，跑来找什么麻烦？"

巡抚硬是把自己的头也套到铁索里去。酒店老板没见过这种阵势，早已吓得不知所措，巡抚却一边扶着他走，一边安慰说："有我在，你怕什么？到了那里，县官就会放你的。现在我们一起走吧，走吧。"

到了萧山县衙门，萧山县令端坐大堂，威风凛凛，一拍惊堂木，吩咐衙役把酒店老板带上来。谁知衙役带上来两个人，另一个人头上还遮着一顶毡帽。掀开毡帽一看，不得了！这不是巡抚大人吗？

萧山县令吓得瑟瑟发抖，知道这一下完了。他连忙脱下官帽，走到堂下，朝巡抚叩起头来。巡抚也不客气，径直走到堂

里胥
即里长，管理乡里事务的公差。

上，在县令的太师椅上坐了下来，对萧山县令说："此地无银三百两。你的政绩到底如何，从这件事上就可以看得一清二楚。赶紧把官印拿来给我吧。"他将萧山县大印拿过来揣进怀里后，站起身就走，临走的时候还笑微微地说："真是一举两得，省得再派人来摘你的官印了。"

【故事来源】

据清朝梁恭辰《北东园笔录》续编卷三译写。

压袖荷包

有一个地方，流传着一种"压袖"的风俗习惯，也就是在结婚那天，新娘子的两只袖子里放上一些有分量的东西压一压。许多新娘子都喜欢用自己亲手绣的荷包，往荷包里放上银子，或是金银首饰一类的东西，为的是图个吉利，所以也叫压袖荷包。据老人说，当年为了这个压袖荷包，还发生过一桩蛮有意思的事呢。

那是在清朝年间，一个山区里正好有两户人家在同一天操办婚礼。一家很有钱，一家很穷。不过，不管有钱没钱，花轿总是少不了的。说来也巧，这两户抬轿迎亲的队伍走着走着，在路上相遇了，而这时偏偏又遇上了阵雨。

迎亲的队伍乱了起来，旁边正好有个凉亭，两家就争先恐后地把两顶花轿抬进去避雨。凉亭不大，两顶轿子一放，也就没有多少剩余的地方了。于是，抬轿子的和迎亲的人四下分散，到别处避雨去了。

这时候，穷人家的那个新娘子在花轿里哭得很伤心，有钱人家的新娘子就让身边的丫头过去询问："女子出嫁，要离开父母兄弟，总是有些依依不舍的。不过今天毕竟是大喜日子，你为什么会哭得这样伤心呢？"

穷人家的新娘子说:"我的娘家很穷,欠了一大笔债。今天结婚,夫家比我娘家还要穷,明天早饭的米在哪里都还不知道呢,教我怎么不悲伤?!"

那个有钱人家的新娘子一听,叹了一口气,心想:"我们都是新娘子,为什么差别会有这么大?今天萍水相逢,总得帮帮人家才是。怎么帮呢?"轿子里什么也没有,她忽然想到临上轿时,母亲在自己的袖子里塞了两个压袖荷包,每个荷包里有一锭银子,二十几两重。于是,她把这两个荷包拿了出来,让丫头送过去,说是一点小小心意,请她务必收下。

那个穷人家的新娘子收下荷包,正想问问对方的姓名时,雨停了。轿夫们嘻嘻哈哈地奔过来,抬起轿子就急着赶路。

那个穷人家的新娘子结婚之后,把半路上在凉亭里收下的压袖荷包拿了出来,交给自家男人。夫妻两人一商量,决定拿这笔本钱去做生意,后来居然慢慢地发达了。

不过他家有个规矩,凡是添置家产总要备置两份,买田总要买两块,造屋总要造两幢,赚来的钱登记到账上时也总要分成两份,而且写得清清楚楚。什么缘故?主人不说,别人也不知道。此外,他家还经常做好事,救济穷人。

结婚十年,这户人家才生下一个儿子,一家人都把他当作掌上明珠,还特地找了个奶妈来哺养。

奶妈是个老实人,初来乍到,就有老用人告诉她府上的许多规矩。比如,主人有三间后楼,每天清早太太盥洗完毕后,就会手捧三炷清香恭恭敬敬地上楼,而家中用人一个也不许跟上去。老用人向她强调,要牢记这点,切勿乱闯,如果触犯了主人家的规矩,饭碗就保不住了。奶妈问是什么缘故,大伙儿都摇摇头,

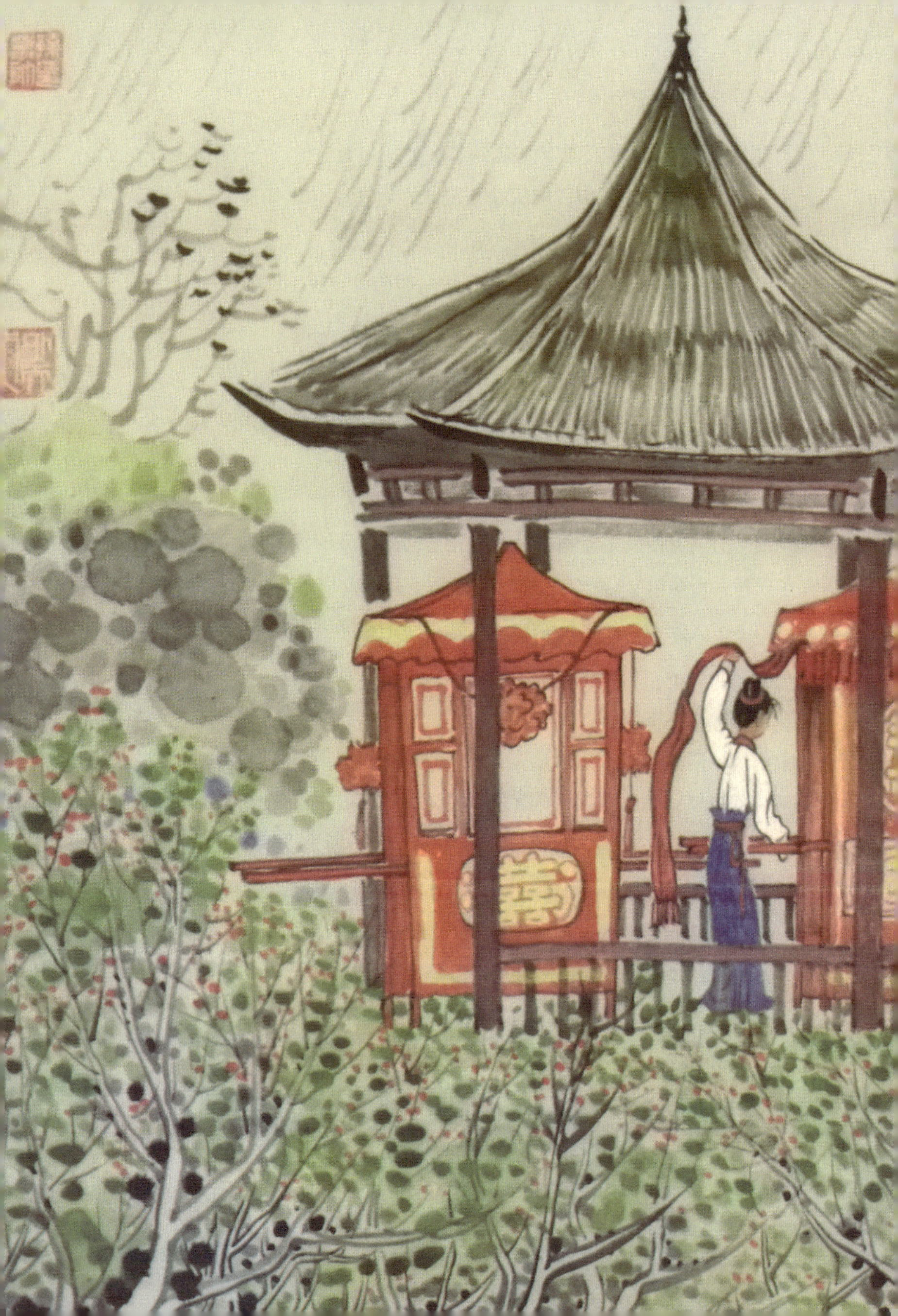

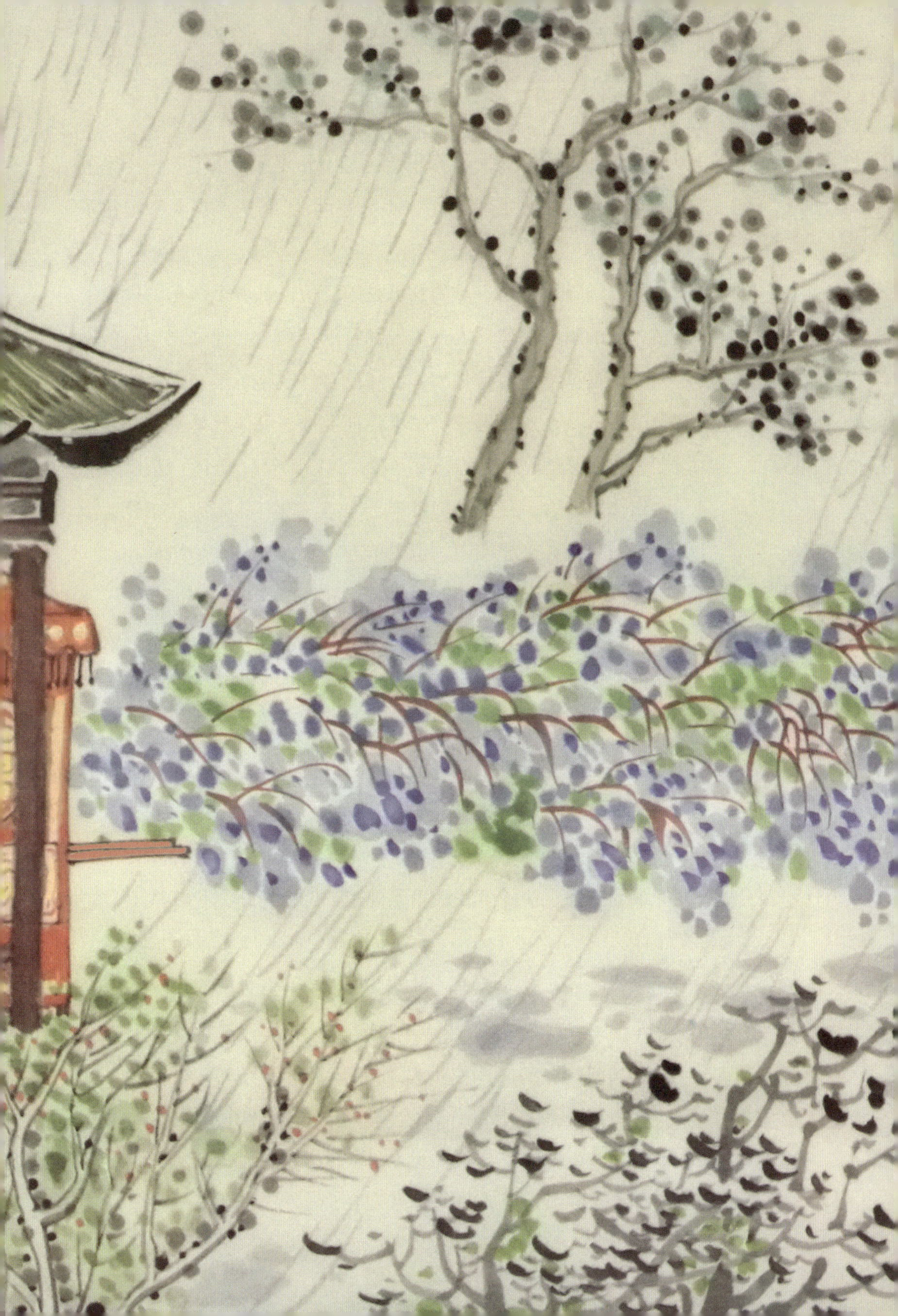

说:"我们中间有人来主人家干活已经十几年了,也说不出个子丑寅卯来。反正你当心就是了,不必多问。"奶妈点点头,记住了这个规矩。

要奶妈守规矩是不难的,可是她身边还带着个孩子。这孩子是主人家的掌上明珠,人人对他都百依百顺,要他守规矩可就不容易了。这孩子一天天长大,已经能自己走路了。一天,他忽然想上后楼去玩,奶妈再三哄骗不让他上楼,可他就是不肯,后来索性哇哇地哭了起来。奶妈没办法,只好跟着孩子上了楼。

到楼上一看,屋里打扫得干干净净,没有什么家具摆设,十分空旷,只是在坐北朝南的位置上有一张香案,香炉蜡扦(qiān)*一应具备,香案的上端有一神龛,上面罩着一块绸布。

奶妈不觉好奇起来,蹑手蹑脚走过去,掀开绸布一看,竟忍不住泪流满面,失声痛哭起来。用人们听见后楼楼上有人在哭,大惊失色,连忙去禀告太太。

太太过来一看,原来是奶妈,心里很不开心,便把奶妈叫下楼,问是怎么回事?

奶妈说:"小官刚才吵着要上后楼,我拦不住,又怕他跌跤,只好跟了上去。这件事我触犯了规矩,怎么处罚,我都认了,绝无怨言。"

太太还是觉得奇怪,又问:"这事情可有其他的原因?你为啥要哭呢?"

这一问,勾起了奶妈的心思,她忍不住又哭了起来,一边哭,一边说:"刚才掀开神龛,看见里面放着两个荷包,跟我当年出嫁时的压袖荷包一模一样。记得我出嫁那天,半路上遇到阵雨,在凉亭躲雨,把那两个荷包送给了另外一个新娘子。那时候

蜡扦
一种上有尖钉、下有底座可以插蜡烛的器物。

家里有钱，也不在乎这点东西，想不到我结婚之后，连遭几次天灾人祸，家道一落千丈，现在只好做起奶妈来了。你说，怎能叫我不伤心？！"说罢，她哭得越发厉害了。

站在一旁的用人见她唠唠叨叨，说个没完，想要呵斥，太太却听得很认真，连连摇手，不许旁边的用人插嘴。听完之后，她又问："你是什么时候出嫁的？"

奶妈回答说是某年某月某日。太太听了，闷声不响，也不责怪她，只是说："明天你把你的丈夫带来。"说罢，就走了。奶妈以为是要解雇她，越发悲伤起来。

第二天，主人家忽然吩咐用人，要大摆筵席，还请来了一个戏班，张灯结彩，鼓乐齐鸣，煞是热闹。主人家的亲朋好友和家族里的长辈们也全都请了来。大厅的正中特地摆上两把太师椅，旁边放着两只茶几，茶几上堆放着一大沓账簿。

这时候，奶妈的丈夫已经到了门口，他的心像十五只吊桶打水——七上八下，生怕主人要辞退他老婆。不一会儿，来了四个用人，把他迎进大厅，让他坐在大厅中间的太师椅上。四个丫鬟扶着奶妈，也让她坐在太师椅上。奶妈夫妻俩吓了一跳，不知主人葫芦里卖的是什么药，挣扎着要起来，边上的人却死死地把他们按在太师椅上。就在这时，主人夫妻俩走了过来，双双跪下，向他们磕了三个头。众人都莫名其妙。

主人夫妻俩磕过头，站起身，满面春风地对大家说："你们知道吗？他们夫妻俩是我家的大恩人哪！十多年前，我们只是一对穷夫妻，结婚那天，半路上承蒙这位恩人给了我们一对压袖荷包，荷包里有二十几两银子。这真是雪中送炭啊！从此以后，我们靠着这点本钱，慢慢撑起了这份家业。没有这一对压袖荷包，就没有我家的今天。所以我家立下规矩，凡是我家的产业，都一分为二，为的就是有朝一日能见到恩人，把她的那一份归还给她。现在恩人找到了，我们的心愿才得以了结。这里的两份田产账簿，一份就是恩人的。今天请来诸位亲朋好友和族中长辈，就是为了当众说清楚，这样日后不至有什么异议。"奶妈夫妻俩这才恍然大悟，不觉地悲喜交加，连忙站了起来，一迭声地说："不敢！不敢！"

主人夫妻俩又把他们按在太师椅上，并吩咐开筵。大厅里一片欢声笑语，客人们齐声赞叹两户人家的这段情义，纷纷上来敬酒，戏班子在客厅里的红地毯上演起戏来，场面真是喜庆热闹。一直到二更时分，客人们才陆续散去。主人吩咐用人举着灯笼，把奶妈夫妻俩送到东厢房住下。大家进去一看，家具、用具、被褥和床榻全套都和西厢房主人的一模一样。

【故事来源】

据清朝梁恭辰《北东园笔录》三编卷二译写。京剧名旦程砚秋主演的《锁麟囊》即据此敷衍，曾红极一时。在浙江黄岩的北洋，有一座"分嫁岭"，当地流传着一则与这个内容相似的故事。

天财地财

杭州乡下有个狗葬村，据说南宋大奸臣秦桧死了之后葬在这里，大伙儿恨透了这个家伙，所以就给这个村子取了这么个名字。其实呢，村子里住着的都是些老实巴交的庄稼人。

清朝时候，村里有个人名叫韦契生，种田养蚕，勤勤恳恳，不幸连续几年都遇上了灾荒，日子过得十分艰难。他只好常常到外面去做短工，挣点钱来补贴家用。

这几天，韦契生又到外面去做短工了。老婆在家中牵肠挂肚，总是担心自己的男人在外头吃苦受累，缺吃少穿。她东想西想，夜里竟做起噩梦来了。她梦见自己的男人在替人家淘粪坑，粪坑边上都是烂泥，臭气冲天。男人一不小心，跌进了粪坑，大喊救命，拼命挣扎，却怎么也爬不上来。她在边上急得不得了，想奔过去救，却迈不开步子，两条腿重得像是灌了铅，她用力一挣扎，竟醒了过来，一颗心吓得怦怦直跳。

这天下午，她跟隔壁邻舍的大嫂聊天，说起这件事，这时正走过来一个盲人，敲着渔鼓。邻舍大嫂灵机一动，一拍大腿说："有了有了，你就让他给你家男人算个命吧，看看到底是吉，还是凶？"

韦契生的老婆一想，也好，就把盲人叫了过来。她报了自家

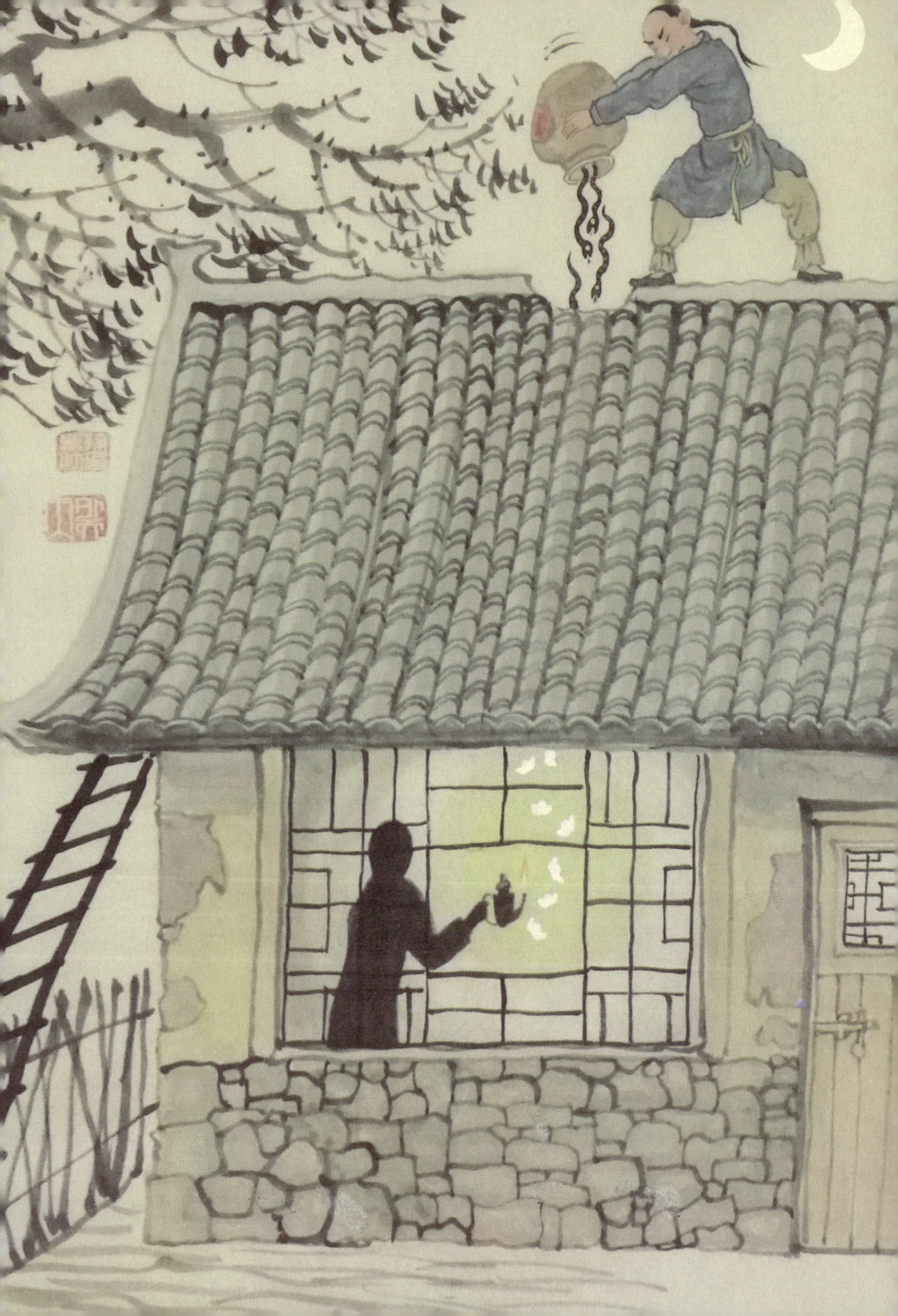

男人的生辰八字，又把自己昨夜做的梦说了一遍。盲人算命，自然是胡说八道，不过这种人走南闯北，对人情世故揣摩得还是蛮透彻的，虽说眼睛瞎了，但有时候比亮眼人还要明白呢。盲人装模作样地掐了一通手指后，说道："大嫂，你要我算的这个人，早年确实命运不济，常常缺衣少食，日子过得十分艰难。不过按照他的生辰八字，终究是个大富大贵之人，你的这个梦就是个转机。你不要以为粪坑不吉利，我告诉你，梦兆都是相反的，这里边的学问大着呢，三天三夜也讲不完，今天只能长话短说。你这个梦是个好兆头，预兆明年开春的时候，你们家要得天财！啥叫天财？就是金银财宝自天而降。虽说这笔财宝不算很多，但对于一家人安度晚年，还是绰绰有余的。"算命先生说得唾沫四溅，讲完这番话后，拿了几枚铜板，就乐滋滋地走了。

算命先生一走，韦契生就回来了。老婆把算命先生的话说了一遍，韦契生根本不信，一挥手，笑着说："我要发财，老早就发了，为啥偏偏要等到明年开春？盲人说的话，怎么好当真呢！"

夫妻俩虽然不相信，村里人却早把这"天财"的事传开了，而且越传越玄乎，越传越有趣。有些年轻人一看见韦契生，就嚷着说："天财来了，天财来了！"大伙儿老拿这事儿开玩笑，韦契生却依然是个穷光蛋。

却说到了第二年春天，果然发生了一件奇怪的事情。一次，韦契生出外打短工，直到天黑才回家。他一个人扛着锄头，走过一座古坟，忽然看见远处有东西在闪闪发亮。这是怎么回事？他走近一看，原来古坟旁边有个土坑，亮光好像是从那里出来的。韦契生挥动锄头一挖，竟挖出一块石板来。他掀起石板，看见下面有一只小瓮，瓮里满满地塞的全是银子，亮得让人睁不开眼睛。

韦契生一阵狂喜，刚要去拿，转而又想："那个盲人不是说我要得天财吗？可今天我得的不是天财，而是地财。这么说，这瓮银子不是我的。既然不是我的，我怎么可以拿呢？"想到这里，他又把石板盖上，重新填好泥土，回家去了。

到了家，他把这件事跟老婆说了，老婆很不开心，唠唠叨叨地埋怨道："你这个人真是个猪头三，到手的财宝不要，居然两手空空地回来了。天底下哪里见过你这种傻瓜？快给我回去，把这瓮银子给我扛回来！"韦契生死活不肯，再三说："要天财不要地财，是我的，我就要，不是我的，打死我也不要。"夫妻俩吵吵闹闹，没个结果。

却说韦契生有个邻居，名叫胡百斯，一向跟韦契生合不来，今夜听他们夫妻吵架，高一声低一声地好不热闹，不觉就来了劲儿，蹑手蹑脚走到墙边去偷听。胡百斯本来想听笑话，谁知道一听，竟听到这么一个发财的好机会，顿时高兴得合不拢嘴。他赶紧走出后门，一溜小跑地去挖那瓮银子了。

到了古坟边上，乒乒乓乓一挖，果然看见有一块石板。他掀起石板一看，哈，好端端的一只瓮！再打开瓮一看，里面哪里有什么银子，分明是赤练蛇，头尾相绕，还伸出尖尖的舌头来，好不怕人！胡百斯吓了一大跳，正想逃，忽然又冒出一个念头来，心想："这个韦契生真是坏透了，他要是真的看见了银子，还会不拿？肯定是看见这瓮赤练蛇，故意回家唠叨，引我去听，好叫我上他的当。"这么一想，平日里对韦契生一家的怨气就都冒了上来，最后他索性一不做二不休，脱下布衫把瓮包好，扛上肩，带回家。

到家后，他搬来梯子，爬到了韦契生的房顶上，然后掀开瓦片，对准韦契生的床铺，把一瓮毒蛇倒了下去。

韦契生夫妻俩早已睡了。忽听得屋顶上有东西"噼噼啪啪"地落下来，吓了一大跳，连忙起床点灯。嘀哟！床上全是一块块银子！韦契生说："好了好了，天财来了。这才是我的银子。来来来，快找个大瓮来装。"

胡百斯在屋顶上也听见了，心里一惊：什么？不是赤练蛇，而是银子？！他不相信，索性伸长头颈朝下面看，一点不假，是满床银子。他好不懊恼，连忙扳起瓮口，伸手去摸，看看是不是还留下几块银子。谁知道他的手刚伸进去，就觉得被什么咬了一口，感到一阵钻心痛，"哎哟"一声，从屋顶上跌落了下去。

【故事来源】

据清朝徐承烈《听雨轩笔记》卷四译写。

庄叟比武

清朝年间，浙江嘉兴出了个赫赫有名的拳师，名叫万永元。他早年投奔嵩山少林寺，拜孤云法师为师；出师之后，南拳北腿，样样精通。随后，他回到嘉兴，开设了一家武馆。地方上喜欢弄枪使棒的年轻人纷纷慕名而来，投到他的门下。那时候，江浙一带人人都知道万永元，他也因此扬扬自得，自称"万人雄"，以为天下无敌。

这年清明节，嘉兴东城外的东塔讲寺有盛大庙会。万人雄也带了一班徒弟，兴致勃勃地去凑热闹，在寺院门前的广场上摆开场子，练起武来。场子四周围满了看客，里三层外三层，围得水泄不通。几个小徒弟练过一阵拳脚后，万人雄兴冲冲走进场子，舞起剑来。他的剑法果然非比寻常，围观的人群爆发出一阵阵掌声，都说万人雄的确名不虚传！

在这众多看客中，有一老一少，老的白发苍苍，年过七旬，少的不过十四五岁，一脸稚气。他们没有鼓掌，那个少的对老的说："他的剑法有来历，看样子是少林正宗，只是破绽不少。"

老叟连忙捂住他的嘴巴，不许他说。边上的人听了，都吓了一跳。万人雄也听见了，当即过去责问：

"老头子，你姓啥？"

"敝姓庄。"

"哪里人？"

"长兴雉(zhì)山。"

"到嘉兴来做啥？"

"嘿嘿，不瞒壮士说，老朽家中有一孙女，不日就要出嫁，故而搭乘便船，到嘉兴城里置办嫁妆。刚才我的孙儿不知轻重，出言不逊，还望壮士见谅。"

那老人有问必答，毕恭毕敬，像个初次进城的乡巴佬。围观的人都替他捏一把冷汗。那万人雄越发有恃无恐，大声呵斥起来："一个乡巴佬，懂什么武术，也敢到我万人雄面前卖弄，真是不知天高地厚。"

那个小孩听后，忍耐不住，挺身上前，说道："你不要欺人太甚。你既然在广场上舞枪弄棒，为何不许别人评说？刚才我和祖父不过私下议论了几句，错在哪里？"

老人连连向小孩暗示，要他少说几句。谁知这小孩脾气倔强，一开口就不肯闭嘴。万人雄在大庭广众之下被小孩这么一驳，竟一时语塞，只好气呼呼地说："你敢进来，跟我比试比试吗？"

那孩子微微一笑，说："有何不敢！只怕这里地方太小，难以施展。"

"好，明天到教场比试。"

"一言为定。"

老人见事态急转直下，只得长叹一声，颤巍巍地说："小孩子家不知好歹，又要让我在嘉兴多耽搁一天了。"说罢，他双手一拱，拉着小孩转身就走。

万人雄以为他们想溜，使了一个眼色，在旁的两个徒弟心领

教武場

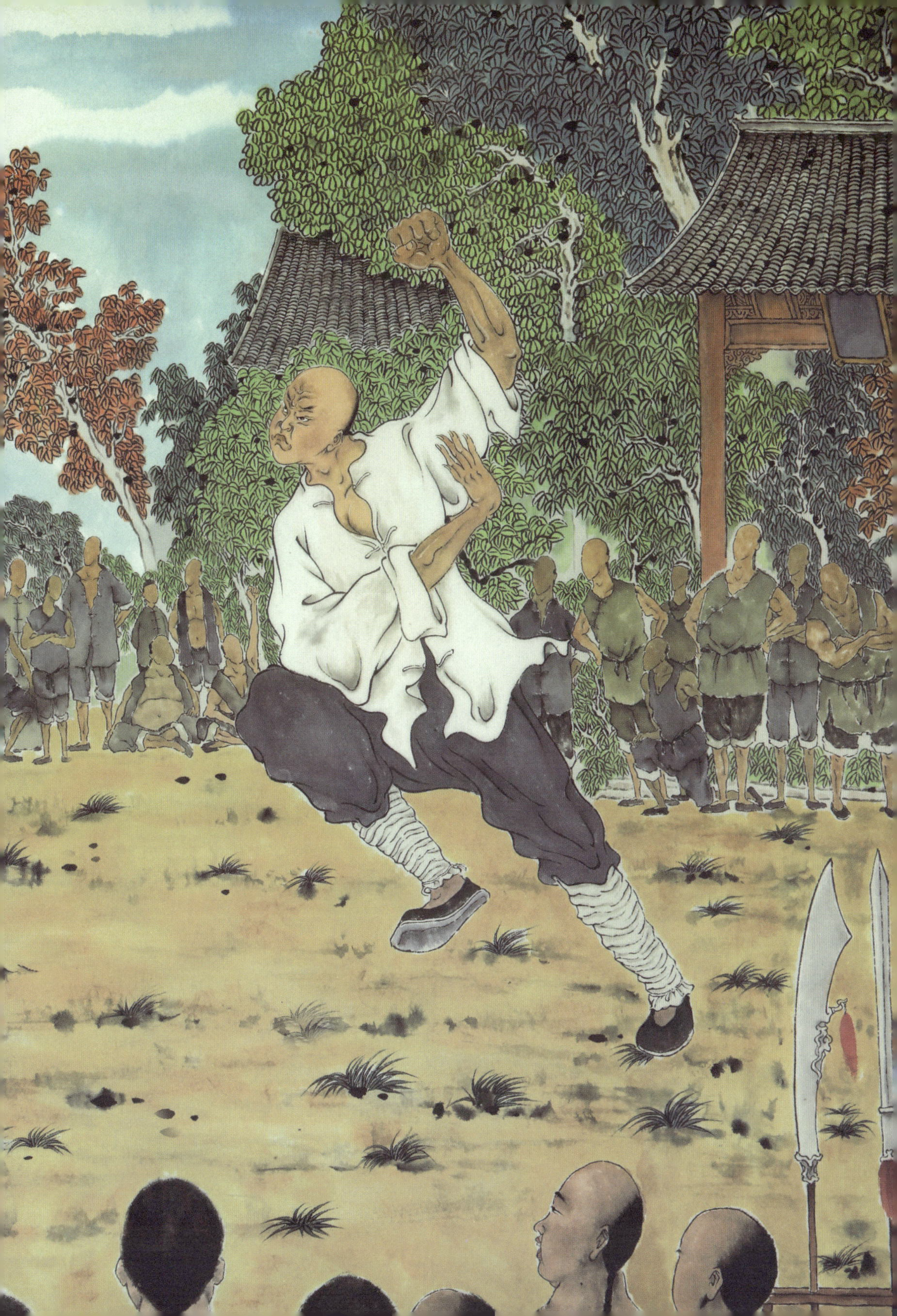

神会，尾随着这一老一少而去。到了运河边，只见宣公楼下的石埠上果然停泊着一艘货船。船老大老远看见这一老一少走来，就跳上岸去解缆绳，准备起航。老人一见，赶紧飞步上前，对船老大说要跟万人雄比武，还埋怨小孩子多事，害得大家要多耽搁一天，而对于明天如何比武，却只字不提，仿佛那是小事一桩。两个徒弟回来，一五一十地把跟踪的事告诉了万人雄。万人雄听后，嘴里虽然说着"两个乡巴佬居然敢跟我较量！"，心里却觉得不是滋味。

第二天，万人雄带着徒弟，威风凛凛地来到校场，而那一老一少早已蹲在地上，恭候多时了。老人站起身来，抱拳一拱，不卑不亢地说："壮士，我们祖孙二人急于回家，所以早早就在此恭候了。今日是比拳棒还是刀剑，悉听尊便，我们奉陪就是了。"

万人雄朝他们看看，老的太老，小的太小，都是弱不禁风、可怜巴巴的样子，有啥好比的，就说："先比比力气吧。"

教场上放着个石墩子，中间凿了个圆孔，是操练兵马时用来插大旗的，俗称旗杆石，起码有四五百斤重。万人雄走过去"嗨"的一声，就将这块旗杆石掇了起来，一口气走了十几步路，最后将旗杆石掷在地上。围观的人大喊"好！"，一时间掌声雷动。

老人微微一笑，对小孙子说："你去试试看。"小孩笑嘻嘻过去掇旗杆石。嗨！石头掇起来了，只是石头太大，小孩个头矮小，手短腿也短，怎么也迈不开步了，小孩只得把旗杆石放回原处。不过，这一掇竟在石头上留下十个深深的手指痕，每一个都有半寸多深，旗杆石上落下一大堆石屑。围观的人群看得真切，不禁吓了一大跳。

老人笑着说:"小孩子家不知天高地厚,今天出丑了!"说罢,他伸出右手,轻飘飘将旗杆石拎起,轻轻一抛,石头便飞上半空,摔到地上,把地面砸出了一个一尺多深的大坑。老人走过去,像三只指头捏田螺一般,把旗杆石拎了起来,又放回原地。围观的人群又是一阵欢呼。

万人雄知道,自己已经输了这一局,便想在拳术上翻过来。

老人说:"老朽久不习武,筋骨不甚灵便,况且一向出手颇重,万一伤了壮士,岂不难堪!我就站在此地,让你先打三拳吧。"于是,他凝立在演武厅的月台上,任凭万人雄来打。

万人雄反剪双手,绕着场子顺走三圈,又倒走三圈,运气提神,收腹挺胸,大喝一声"接招!",便一个箭步过去,对准老人胸口就是一拳。谁知道老人既不退后,也不避让,只将身子轻轻一摇,那万人雄顿觉拳头像被一大把细针刺了一下,臂膀一麻,不由得踉踉跄跄地退了二丈多远,方才站稳。

老人抢步上前,把万人雄扶住,慈眉善目地说:"你能挡住我这一招而不跌倒,说明功夫不浅。你还想再比试什么武艺吗?"

万人雄心想:我有一套少林达摩棍术,天下无敌,索性再比一局吧。

于是,他对老人说:"就比棍吧。"

老人知道万人雄还不服气,就让小孙子上场,并谆谆告诫他:"我们是以武会友,点到为止,你千万不可误伤了人家。"小孩点点头,笑嘻嘻地上了场。

于是,两人在校场上又比起棍来。只见小孩把手中的棍棒"呼呼呼"地施展得风雨不透,闪转腾挪,纹丝不乱,奇招妙着,层出不穷。万人雄从来没见过这路怪棍,自然无法对付,自己得心应手的少林达摩棍，这时哪里还用得上。他只好左挡右掀，上弹下拦，疲于招架。说时迟，那时快，忽听小孩喊一声"着！"，紧接着又是"啪！"的一声，万人雄手中的铁棍被打得腾空飞起，落入校场旁边的饮马池中。

万人雄连败三局，满脸羞惭地向老人赔罪，问道："我习武十多年，自以为天下无敌手，今天输在你们祖孙二人手里，真是心服口服。不知前辈的师父是何人，武艺如此高超？"

老人笑笑，双手抱拳一拱，说："不打不相识，壮士切莫耿耿于怀。来日方长，后会有期。"

他正要告辞，刚好天上飞过两只斑鸠，便对小孩说："船上正好还缺菜肴，你就把这两只斑鸠取来了吧。"小孩从怀里摸出两支短箭，又褪下套在手指头上的铁环，把短箭套在铁环上，朝天上射去，"嗖嗖"两声，那两只斑鸠应声落地，小孩过去拾起斑鸠，就要回去。

万人雄苦苦挽留，见老人执意不从，只好亲自送他们祖孙二人上船。宣公楼下，船老大早已握着橹把，准备开船了。船老大问老人："胜败如何？"老人笑笑说："万先生武艺高强，我一个老头子怎么比得过他呢？"回过身来，又紧紧握住万人雄的手，要他善自珍重。

祖孙二人上了船，船朝西驶去，一会儿就不见了踪影。因为这件事，万人雄一连好几天吃不下饭，再也不敢自称"万人雄"了。后来，他遇见师父孤云法师，说起这位来自长兴姓庄的老人，孤云法师大吃一惊，对他说："你知道吗？这位老人是我的师叔呀！他武艺高强，连我的师父都要让他三分。幸亏他年轻时发过誓——永不伤人，所以这次你没有吃什么亏，否则的话，你早就死啦！"

据说，打这以后，万永元不再舞拳弄棒，而是老老实实地做起生意来了。

【故事来源】

据清朝徐承烈《听雨轩笔记》卷四译写。

梦中学仙

清朝时有一对吴氏兄弟,哥哥勤奋好学,已经考上了秀才,弟弟呢,特别喜欢看小说,对小说里的神仙鬼怪,十分入迷。

这天傍晚,兄弟俩在一起聊天,又说起了神仙。哥哥说:"世上哪里有什么神仙?你平时看看这种书倒也罢了,怎么入了迷,想去求仙呢?"他再三劝弟弟认真读书。俗话说,话不投机半句多,弟弟听不进去,便闷闷不乐地回房间,一个人躺在床上,想着求仙的事。他想到黄山去求仙,便带上干粮,一个人上了路。经过几天跋涉,终于到了黄山。

来到半山,云雾缭绕之中,他看见一位道人盘膝坐在一块大石头上,旁边有许多猿猴捧着山果孝敬他。弟弟想,我的运气真好,一进山就遇上神仙了,便当即跪下,向道人叩头,求道人收自己为徒弟。

道人微微一笑,对边上的一只猿猴说:"你把他引到我的洞宫里去吧。"说完,就飘逸地走了。他赶紧跟在猿猴的后面,沿着悬崖峭壁,手攀葛藤,脚踩危石,一步一蹬,来到了一个山洞。

那个道人已在山洞里了,笑呵呵地对他说:"从此之后,猿猴是你的师兄,鸟雀是你的朋友,你就住在这儿专心学仙吧。"猿猴、鸟雀一齐出力,有的拾来柔软的仙草,铺在地上给他当床铺，有的采来鲜美的山果，给他当点心。吃住不用愁，还有这么好的师父教他成仙，他哪能不高兴！

这天，他见师父左手在右手的背上轻轻拍了三下，连呼三声"来！来！来！"，就有许多猿猴过来了。师父又用右手在左手背上轻轻拍三下，连呼三声"来！来！来！"，就有许多鸟雀飞过来了。他想，这不是挺容易的吗？就偷偷地试了一回。嘀！还真灵呢。他又一想：我已经把师父一半的本领学到手了，还是赶快趁热打铁，把师父另一半凌空飞起的本领也学到手吧。

道人一眼看穿了他的心思，笑着说："这有啥难的？包你一学就会。"当即说了三声"起！起！起！"，并让他自己打自己三个耳光，然后道人再打他三个耳光，这么一来，他还真的飞了起来，只是飞了一丈多高，就掉下来了。道人拍拍他的肩膀说："师父领进门，修行靠个人。你慢慢地练吧，不出三个月，你就能想到什么地方，就去什么地方啦。"他还是不放心，又问道人："如今有师父打我耳光，我才能飞起来。可等我下了山，到哪儿找师父呢？"道人说："你随便找个人打你三个耳光也成。将来练成了，不打耳光也行。"他这才真正放心了，高高兴兴地辞别道人，回家去了。

到了家，一进客厅，就看见哥哥正在书桌前读书，他大声对哥哥说："你还在读什么书，我已经成仙啦！"哥哥拍案大怒："你不好好读书，还乱吵什么？！"他说："你不相信？好，我当场试给你看。"说罢，他便盘膝坐在地上，用左手在右手的背上拍了三下，连呼三声"来！来！来！"，结果什么也没来。哥哥问他做啥，他说："我在招呼我的猿猴师兄。他不来，大概是有事，被师父叫去了。算了算了，我还是叫我的鸟友来吧。"于是，他又用右手在左手背上也拍了三下，连呼三声"来！来！来！"，但还是寂静无声。哥哥吓坏了，忙说："好端端的，你怎么发疯了？"

他的老婆听见堂前有人大声嚷嚷，便走了过来。这时，他对老婆和哥哥说："鸟友不来，大概也被师父叫去了。但是我还会飞呢。来，我飞给你们看。"于是他连呼三声"起！起！起！"，同时打了自己三个耳光，并叫他老婆也打他三个耳光。他老婆不肯，他就求哥哥打他。哥哥也不肯，还一个劲儿地说他发了疯。他哈哈大笑地说："发什么疯？我刚从黄山回来，在那里遇见一个神仙，拜他为师，学到了一套仙法。谁知道今天一回家，仙法就不灵了。别怕，我再去跑一趟，这趟一定成功。"

哥哥越听越糊涂，就说："我昨天夜里刚刚劝过你，你怎么把我的话全当耳边风，还说出这种荒唐话来呢？你不想想，黄山离这儿多远，你一夜工夫就走了个来回吗？谁相信？！"这时候，他的老婆也笑着说："你的梦还没醒哪。昨天夜里你一进屋，嘴里就嘟嘟囔囔的，不知道说些什么，后来在梦里，你又叽叽咕咕地说个不停。今天一早，翻身起床，连袜子也不穿，就赶到厅堂上来，我还以为有什么急事，谁知道你又到这里说梦来了。喏，你的袜子还在床边呢，还不快去穿上。"

被她这么一提醒，他朝自己脚上一看，果然，脚上没有穿袜子，感觉凉飕飕的。这究竟是怎么回事？他只觉得迷迷糊糊的，到底是梦是真，自己也弄不清楚了。

【故事来源】

据清朝青城子《志异续编》卷一译写。

杜香草烧书

清朝年间，江西有个风水先生，名叫杜香草，看风水的道行极深。他和李家财主的小儿子李十九十分要好。李家财主死了，李十九要杜香草帮忙看一块风水宝地，好下葬父亲的棺材。杜香草看在好朋友的面上，勘察得特别认真，在山沟里七兜八兜，草鞋穿破了好几双，一直兜了三年，才最后选定了一个风水穴。位置就在城东十里路外，并选定了为李家点穴的好日子。

李家做好了墓，杜香草就到浙江去了。谁知道这一葬却葬出了祸根，李家非但不发，反而败得厉害，家中大大小小一连死了四五人。李十九的阿哥李十八，夫妻两人前后脚去世了，留下一个独养女儿，名叫银雁，这年才刚刚十四岁。李十八临死的时候，拉着阿弟十九的手，边哭边说："兄弟，看在爹娘的面上，银雁就托给你了，无论如何你要替我照顾好呀！"李十九一边落眼泪，一边点头。旁边的银雁早已哭得不省人事了。苦哇！

可是，李十八夫妻俩坟头上的泥土还没干呢，李十九的老婆就叫银雁到厨房干活了，劈柴挑水，淘米烧饭，活儿多得做不过来。银雁年纪小，做不惯，手脚慢了点，结果不是挨打就是受骂。

银雁吃不消，到阿叔跟前去哭诉，李十九怕老婆，皱皱眉头，闷声不响。李十九的老婆知道了，赶过来一把揪住银雁的头

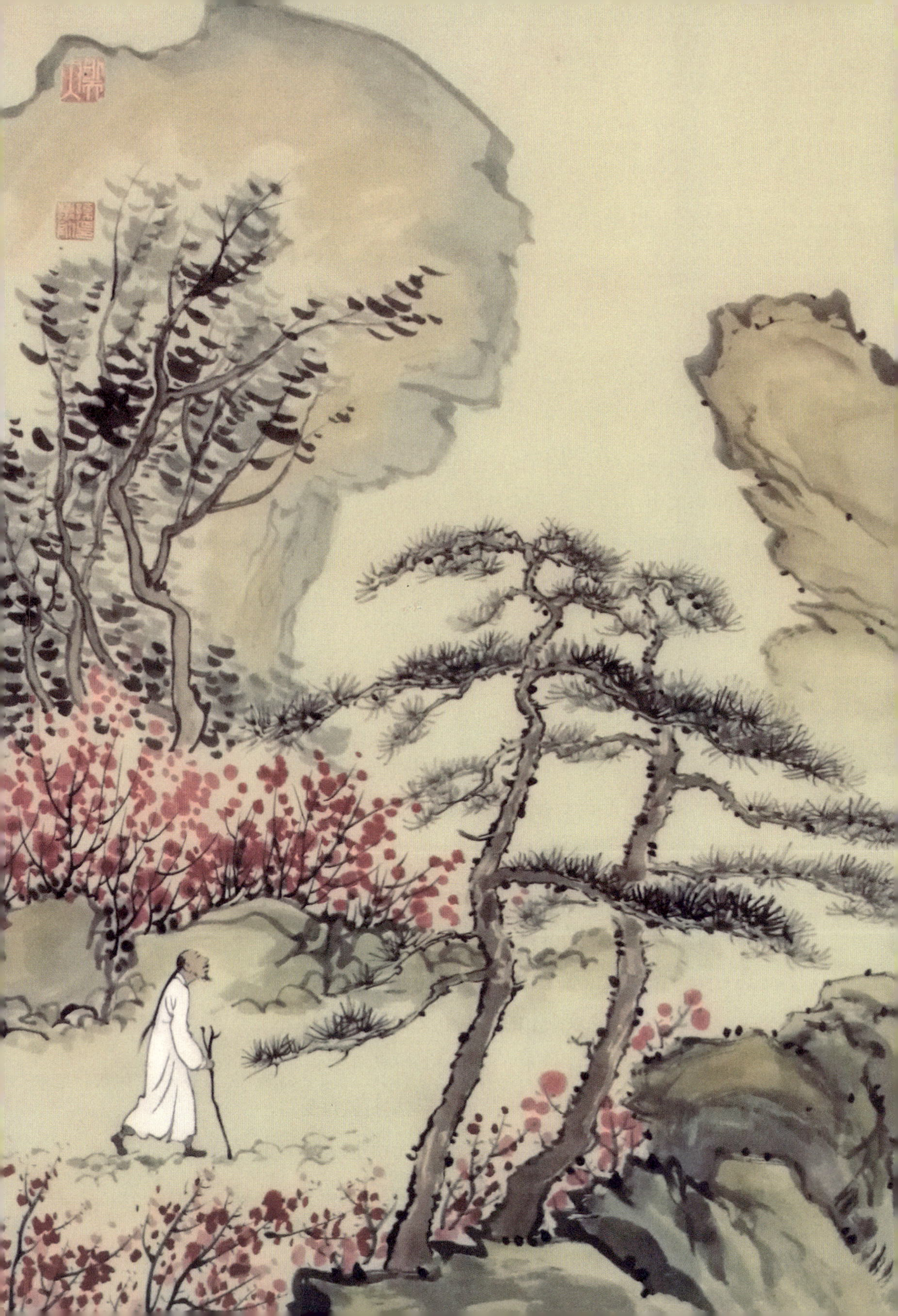

发，打得愈发狠了。李十九呢，非但不劝，反而往书房里一钻，眼不见为净。

这天夜里，更深人静，银雁姑娘逃出家门，扑到爹娘的坟头上痛哭了一场。哭完后，她也不想活了，就跳进了河里。

也是银雁姑娘命不该绝，河水把她冲上了岸，正好冲到了一座尼姑庵的门前。清早，老尼姑出门提水，看见一个年轻姑娘躺在河滩边，浑身湿透了，吓了一大跳。过去一摸鼻息，还好，还有气哩。阿弥陀佛！救人一命，胜造七级浮屠。老尼姑叫来庵里的小尼姑，七手八脚地把银雁抬进庵，总算把她救活了。

说来也巧，老尼姑刚好跟银雁死去的娘是好朋友，一看银雁落到这种地步，自然心痛，好言相劝几句后，就把她留在了庵里，算是带发修行。

一晃三年过去了。杜香草从浙江回到江西，兴冲冲地去拜访李十九，心想李家一定是发大财了。谁知道李家墙坍壁倒，景象十分悲惨。李十九正坐在墙角晒太阳，一见杜香草，开口就骂："你看的是啥风水？你不是存心害人吧？你看看，三年工夫，我们李家败落到什么光景了？要你赔！"

杜香草当然不肯轻易认错。他看风水看了几十年，什么时候看错过？师父传下来这本《相冢(zhǒng)书》，他老早就背得滚瓜烂熟，讲起风水经来，也是头头是道，从来没出过什么差错。难道是他一时眼花，看错了不成？于是，杜香草跟李十九约定一个月期限，让他再仔细踏勘一遍，如果确实是他看错了，他不但赔偿李家财产损失，而且从此之后就甩掉罗盘，不再看风水。

第二天，杜香草进了山，白天踏勘地形，夜里回来就在油灯下对照那本早就破旧不堪的书，可看来看去，他还是看不出错在了哪里。

怎么办呢？李家败落了，这总归是事实，赖不掉的。杜香草也是一条硬汉子，二话没说，就把自己在浙江风里来雨里去，辛辛苦苦赚来的三百两银子拿了出来，算是对李十九的赔偿，又说："你把这块坟地空出来，还给我。你自己另外去找块地吧。我就不信，这块坟地到底凶在哪里？"

李十九收下了银子，请别人在西山另外找了一块坟地，把祖坟迁了过去。这场纠纷才算平息下来。

杜香草虽然赔了银子，心里仍旧不服，所以还是一天到晚地钻在山沟里，非要看出点名堂来不可。

这天，杜香草进山看风水，遇上了一场暴雨，山洪暴发，山路冲坍。他一不小心滑了一跤，从半山腰跌了下去，差一点送掉老命。说来也巧，正好有个年轻人挑着一担山柴路过，拼死拼活地把他救了出来，又把他背到自己家里，细心照料，这才算没事。

在这个年轻人的家中，他一住就是半个月，伤也养好了。坐下来一攀谈，才知道年轻人名叫杜强，老父亲死去已有七年，棺材却一直放在屋里，因为买不起坟地为他下葬。家中还有一位老母，母子俩相依为命，苦度光阴。

杜香草一听，心里又热了起来，说道："你要坟地，这好办，我手头就有一块，不过……这里面有点纠葛。"于是，他把李家的事一五一十地说了一遍。

没想到杜强却一点也不在意，他说："我不相信这一套，有块坟地就蛮好了，入土为安嘛。家境发不发，还是要靠自己。"

杜香草心想，这事儿一时三刻也讲不清，不过人家救了自己的命，应该报答，所以他当场就把这事定了下来。

那天，杜强在坟地下葬老父亲的棺材，正要回家时，遇上了一场倾盆大雨。山上无处躲雨，他淋得像只落汤鸡，实在走投无路了，就直奔山脚下的那座尼姑庵，想进去躲雨。

说来也巧，这尼姑庵正是银雁姑娘带发修行的地方。这一天，老尼姑出门去了，银雁听得敲门声，就去开门。门外是个小伙子，浑身湿透了，正冷得瑟瑟发抖。银雁心肠好，就把小伙子领到了厨房，生了火让他烤衣服。衣服湿透了，一时三刻也烤不干，总得找件替换的，可小小尼姑庵里自然没有男人的衣服，银雁东找西找，最后寻出老尼姑的一件布衲，又凑上自己一条紫布裤子，一起交给了杜强，叫他换上。

不一会儿，天色转晴，衣服也烤干了。杜强千恩万谢，要告辞回去。到火盆边上一看，刚才烤干的衣服都在，独缺一条短裤。两个年轻人都急得满头大汗，东寻西找，就是找不到。

银雁知道尼姑庵里清规戒律多，今天的事有点尴尬，万一师父回来知道了，那是跳到黄河里也洗不清的。一时情急，就催杜强快走，说那条紫布裤子就穿去吧，下次再来还，不过千万不能让师父知道。杜强点点头，慌慌张张地出了庵门。

回到家里，杜强把事情一五一十地说给老娘听。老娘一看，那条紫布裤子是女人家的，于是就有点疑心，再三盘问起来。杜强说："娘，儿子是个老实人，一辈子没做过亏心事，你怎么也不相信了？"

老娘一听这话，就不再说了，心想："别人不相信情有可原，做娘的是最清楚儿子的心了，怎么能不相信呢？"第二天，老娘亲自把紫布裤洗干净，叠得整整齐齐，到尼姑庵去还，顺便也想谢谢那个好心的姑娘。

杜强的老娘正在银雁房里跟她闲聊，老尼姑进来了，一询问，银雁只好说了实话。谁知道，老尼姑大发雷霆，一口咬定银雁有私情，玷污了佛地，立刻要赶她出庵。银雁跪在地上求饶，老尼姑板起脸孔，理也不理。杜强的老娘也跪下去求情，再三为他们辩白，老尼姑还是不肯松口。银雁急了，要上吊，被杜强的老娘救了下来。这位老母亲想想这事真是弄僵了，只好把银雁接回自己家中，先住几天再说。

正好这天杜香草也在杜强家，大家一见面，都呆住了。为啥？要知道杜香草跟李十九是好朋友，李家的人，大大小小，他都认得的，今天看见李十八的独养女儿银雁跟杜强的老娘一起回来，自然大吃一惊。银雁也认识这位杜伯伯，一见面，便哭得说不出话来了。杜香草再三劝慰，她才慢慢平静下来，把李家的事，连同自己的事，前前后后诉说了一遍。

杜香草听完，半晌说不出一句话来，最后长叹一声，对银雁说："看来，不是你祖父坟的风水不好，而是你阿叔做人不地道。李家要败落，也是没有办法的事。银雁啊，你要是信得过你杜伯伯的话，今天我来替你做媒，你就嫁给杜强吧。杜强是个好人，他不会欺侮你的。"

杜强的老娘早就喜欢上这个又文静又好心的姑娘了，再朝两人看看，都闷声不响，脸涨得绯红，于是，他们乐呵呵地为这两人操办起婚事来。

结婚以后，小两口相亲相爱。杜强上山砍柴，银雁帮他放羊，勤勤俭俭，日子越过越红火。有一天，银雁放羊路过一条涧，发现涧底有许多金光闪闪的石卵子，就摸起一颗带回家给杜强看。杜强一看，吓了一跳，原来这是金子。小两口连忙寻到老地方，下涧摸金子，摸上来一麻袋。从此，他们不愁吃，不愁穿，还造起了新房子。

杜强的老娘把这事前前后后一想，对儿子说："我们杜家有今日，全靠你杜老伯的风水看得好，我们要好好谢谢他呢。他一辈子替别人看风水，风里雨里不知道吃了多少苦，把他接来，也让他好好享享福吧。"

谁知道杜强赶到杜香草家时，只见铁将军把门，却不见人影。隔壁一个老头对杜强说："他早已出远门去了。你香草大伯临走的时候，把那本看风水的书也烧掉了。他说，从今以后，他再也不替别人看风水了，倒是要劝人少做坏事，多做好事，这是天底下最要紧的。"

【故事来源】

据清朝宣鼎《夜雨秋灯录》卷一译写。

石大郎吞珠

清朝的时候，长江口崇明岛上有个放牛娃，名叫石大郎。他从小死了爹妈，独自一人，孤苦伶仃的，靠给人家放牛苦度光阴。

石大郎吹得一手好笛，每天把牛群放牧到海滩后，就一个人优哉游哉地吹起短笛来。笛声悠扬，高亢明亮，陶醉在这美妙的笛声中，都可以把平日的烦恼和苦闷全都忘掉。这天中午，村里一群放牛娃结伴在海边放牧，有的捉迷藏，有的掷骰子，一个个嘻嘻哈哈，不亦乐乎，唯有石大郎独自坐在靠海的一块大岩石上，吹着他的笛子。

吹着吹着，忽然海水涨起了大潮，裹挟着呼呼的海风，天地之间顿时变了颜色。有一只大蚌，随着潮水来到石大郎的脚下，蚌壳一张一合，仿佛也被大郎的笛声迷住了，迟迟不肯离去。不一会儿，潮水退去，那大蚌来不及跟着潮水离开，就搁浅在了岩石下的海滩上，蚌壳痛苦地抖动着，不时从里面露出炫目的光芒来。这群放牛娃一见，高兴得手舞足蹈，都说这么大一只蚌，里面一定有夜明珠，商量着要把蚌壳劈开，取出夜明珠。

石大郎听了，心里很不是滋味，他想：这只大蚌是为了听我吹笛，才搁浅在海滩上的，要是被劈了，我怎么对得起它？于是他动起脑筋，想要救它。

大郎故意对小伙伴们说："这么大的蚌，说不定是只精怪呢。我听大人说过，精怪是不能用刀斧去砍的，我们要赶快想办法烧一锅沸水，用沸水一浇，蚌壳自然就打开了。"小伙伴们听后，都说这办法好，于是一窝蜂地到附近农家去借锅灶，拾柴的拾柴，提水的提水，忙忙碌碌，最后烧起水来。

等大伙儿一走，石大郎一个人铆足了力气，把那只大蚌推回到海里去，对它说："蚌呀蚌，你也太粗心了，这种地方多危险，怎么可以逗留呢？快快回到你自己家里去吧。你的爹妈都在为你担心呢，下次可千万别来啦！"大蚌到了海水里，顿时有了精神，朝石大郎点了点头，刹那间就游得很远很远，不见了身影。

等那群放牛娃担着满满一桶沸水来到海边的时候，石大郎正躺在大岩石上呼呼酣睡呢。大伙儿一看，海滩上的大蚌不见了，怎肯罢休，全都围上来责问大郎。大郎揉了揉惺忪的眼睛，像真从梦中醒来似的，也故作惊讶地跟着大伙儿到处乱找。后来实在找不到了，大伙儿一口咬定是石大郎做的手脚，是他把大蚌故意放跑的，纷纷朝他吐唾沫，推他，搡他，石大郎不但不还手，还一点儿也不计较。

第二年夏天，海里忽然钻出一头大牛来，专门咬啮海边稻田里的秧苗，农夫对它恨之入骨。老远看去，这头大牛很像石大郎管的那头牛，所以他们就到石大郎的主人那里告状，说大郎没把牛管好，常让牛逃出来糟蹋庄稼。主人一听，没头没脑地把石大郎臭骂了一顿。石大郎当然不服气，心想：我明明把牛管得好好的，它怎么会去糟蹋庄稼呢？于是，他憋了一肚子气，摸黑到海边去，躲在隐蔽处观察，心里想着非要把事情弄清楚不可。

第二天天刚蒙蒙亮，果然听得"泼剌剌"一阵响，从海里蹦上一头牛来，毛色极纯，跟石大郎管的那头牛长得一模一样，只是这头牛的头顶生了一只角，有点特别。这头牛一上岸，就窜进了稻田里，大口大口地吃起秧苗来。石大郎一见，火冒三丈，不顾一切地冲过去，想把这头牛擒住。说时迟，那时快，那独角牛见有人来擒它，一转身就朝海里逃去。石大郎擒牛心切，早已经忘了前面是惊涛骇浪，竟跟着那牛下了海。说来也怪，那牛所到之处，海水像被刀切似的，向两边齐刷刷地分开，形成了一条笔直的水弄堂。那牛在前面逃，石大郎在后面追，追了大约一里多路。在喘气的时候，石大郎抬头一看，竟然看见前面有一座金碧辉煌、巍峨气派的宫殿。独角牛一头撞开大门，石大郎也紧跟着闯了进去。

这时候，宫里正在宴请宾客，轻歌曼舞，乐声悠扬，坐在台上的少年朝石大郎看了一眼，竟站起身来，高兴地说："咦，你不是海边的放牛娃石大郎吗？"石大郎一愣，忍不住问道："我是石大郎。你怎么认识我的？"少年哈哈大笑，走上前来拉着石大郎的手说："你知道我是谁吗？我是龙王三太子呀。去年我化作大蚌出游，听见你在海边吹笛，笛声实在太动听了，我听着听着，竟忘记了退潮的时辰，被搁浅在了海滩边。要不是你挺身而出，救我一命，我哪里还有今天？"说罢，他拉起石大郎的手，向在座的客人一一介绍。

今天来这里赴宴的客人个个都大名鼎鼎，有吴国的伍子胥将军、楚国的屈原大夫、洞庭龙宫的柳毅真君，还有一位夫人，名叫露筋真妃。听龙王三太子这么一介绍，大家都称赞石大郎是个仗义君子，都一个个上前敬酒，把石大郎弄得有些难为情起来。

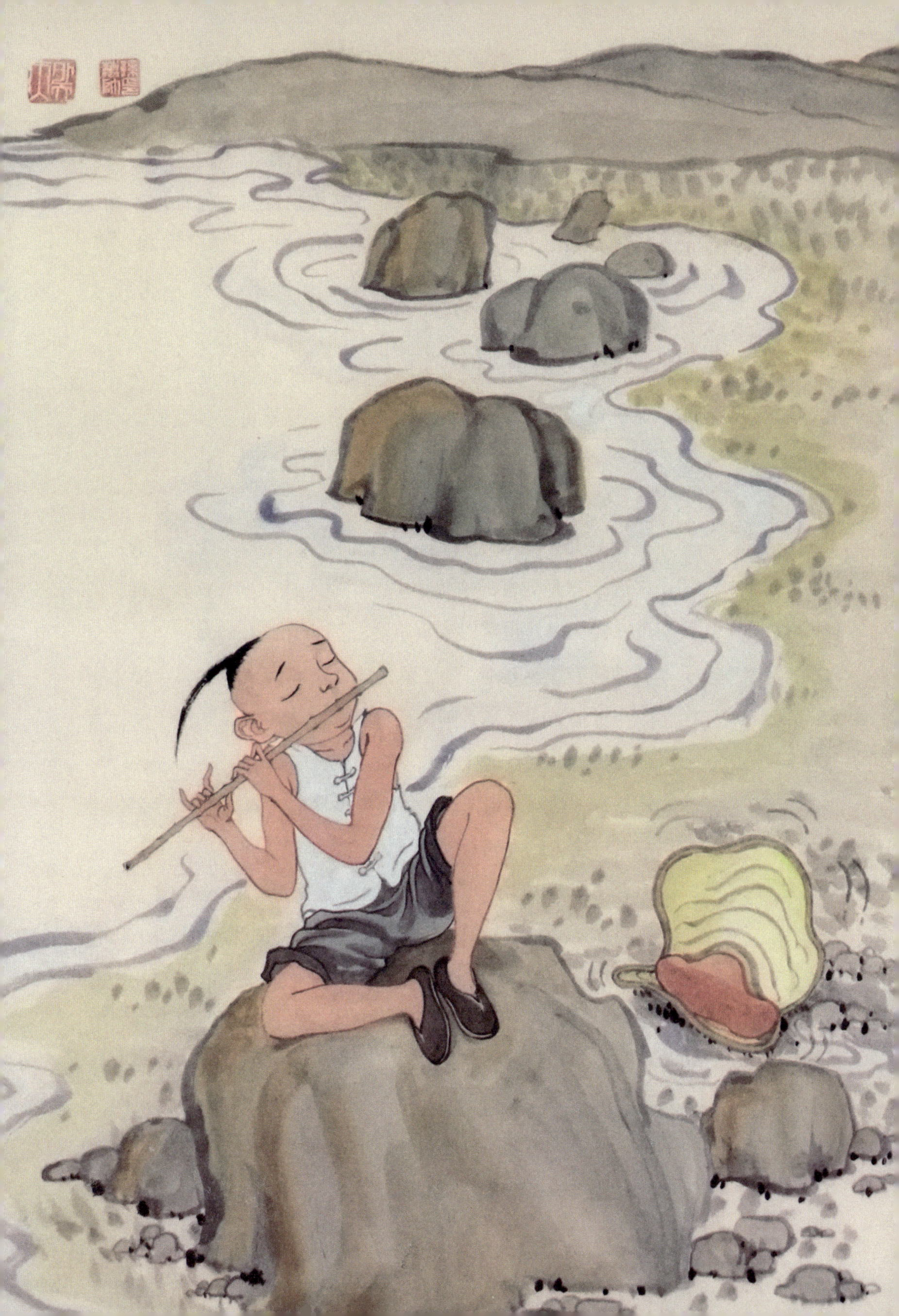

酒过三巡后，客人们起身告辞，石大郎也想回去了。这时候，龙王三太子笑着对石大郎说："这里是龙宫，你难道不知道吗？刚才你追赶的那头怪物，就是有名的分水犀，它所到之处，海水都会自动分开。离了分水犀，你怎可随意走动？一出宫门，就会被海水淹死的。你怎么走？"

石大郎一听，急坏了，他总不能一辈子待在龙宫里呀。于是，他拉着三太子的手，非要三太子想办法不可。三太子说："别急，别急，你是我的救命恩人，我当然要报答你。让我去禀告父王，他一定会有办法送你回家的。"

不一会儿，三太子捧回一颗龙眼那么大的宝珠，交给石大郎，说道："这是龙宫的祖传秘宝，叫避水珠。揣着这颗宝珠，即使闯进汪洋大海，也可以滴水不沾。因为你是我的救命恩人，父王才特地将它赠送给你。"说罢，他便送石大郎出龙宫。说来也怪，因为怀揣着避水珠，他的面前竟然出现一条平坦的大路，直通海岸边。石大郎就这样滴水不沾地回到了岸上。

自从有了这颗避水珠，石大郎再也不怕惊涛骇浪了，一有空，他就独自一个人到龙宫里作客，临走的时候，龙王三太子总要送给他不少好东西。日子一长，这个秘密终于被大伙儿知道了。

有一天，石大郎在海边吹笛，有些累了，就躺在岩石上打起瞌睡来。这时候，六七个无赖围上来，动手要抢他的避水珠。石大郎蓦地惊醒，来不及多想，就把避水珠含在嘴里，跟无赖们搏斗起来。好在石大郎力大无穷，一阵厮打之后，终于把这伙无赖赶跑了，可是一不小心，他把含在嘴里的避水珠给吞了下去。这一下可不得了，避水珠有龙眼这么大，咽不下去，又吐不出，竟活活把石大郎给噎死了。

石大郎死了以后，乡亲们同情他，给他在海边造了个坟墓。坟墓造好的当天夜里，刮起了从来没有刮过的大风，隆隆的雷声整整轰鸣了一夜。第二天早晨，大家到海边一看，石大郎的坟墓已经变成了一座小山。此后，每次海水涨潮，涨到这座小山下就停住了。当地人为了纪念石大郎，把这座小山取名为石郎坟，又在边上造了一座祠堂，取名为石郎祠。逢年过节，大家都会到祠堂里祭奠一番。有人说，每当月白风清、天气晴朗的时候，还能在海边听到石大郎的笛声呢。

【故事来源】

据清朝宣鼎《夜雨秋灯录》卷八译写。

偷儿恨娘

清朝年间,江苏无锡北门塘出了个惯偷,名叫陈阿尖。

这个阿尖,出身倒也是个本分的种田人家,从小脑子活络,手脚灵巧。据说他六七岁的时候,遇上了这么一件事。

那时候,有个小贩挨村挨户卖咸鱼、咸蛋,路过陈家门口时,左邻右舍都围上去跟小贩交易。阿尖还小,天气又热,打着赤膊,也挤进去看热闹。他趁小贩不防备,偷了一条咸鱼,贴在背上,背靠在墙上,然后又偷了两个咸蛋,两个胳肢窝一边夹一个,胳膊垂着,一动不动,只有两只小眼珠滴溜溜地转,朝大人们看。那个小贩虽然也瞧见了阿尖,只见他站在墙边动也不动,根本没有想到他会偷自己的东西。

后来,小贩做完了生意,挑着担子走了。阿尖这才拿了咸鱼、咸蛋,跳跳蹦蹦地回家了。他把东西交给娘,又把经过说了一遍,阿尖的娘不但没有生气,反而眉开眼笑,连连夸他聪明,真懂事,说他年纪这么小就知道顾家,长大了一定有出息!

从此以后,陈阿尖在娘的怂恿下,开始经常偷东西了;长大以后,他觉得偷东西也不容易,得学点武艺才行,于是就到处寻师,学起拳棒来。据说他的轻功相当好,他家在塘北,田地在塘南,每天下田要兜个圈子走过桥才能到塘北,他嫌路远,就用锄头代替手杖，在水面上"嗖嗖嗖"点几下，就过了塘。

有一次在苏州，夜里下雪，他一夜之间偷了两千两银子，藏在一座大石桥的桥洞下面。行窃时雪还小，没在雪地上留下脚印，回来的时候雪下大了，怎么办呢？他就倒着穿草鞋，一直走到了无锡南门。那时，天还没亮，他又去偷路边酒家的一把铜壶，故意让老板发现，老板把他扭送到县衙门，关了起来。第二天，苏州被盗的那家发现失窃，报告县衙门，官府派人追捕窃贼。有个捕快看见雪地上的草鞋印痕，怀疑是陈阿尖作案，就到无锡来查，谁知道陈阿尖此时已被关在衙门里了。几个捕快一商量，觉得陈阿尖即便是飞毛腿，也是来不及作案的，再说那草鞋足迹只有到苏州去的，却没有回无锡来的，他们就把陈阿尖放过了。其实这案子恰恰就是他犯的，只是他故意摆了个迷魂阵，让官府上了当。

他南下行窃，路过浙江海盐。海盐的陈家是个有钱的大家族，不但有钱，家里不少人都精通武艺。陈家的小女儿只有十六七岁，却武艺超群。她带着一个小丫鬟，一起住在东厢房，看守着银库。

陈阿尖半夜溜进陈家，看见东厢房里点着一盏半明不灭的油灯，就想过去探个究竟。到跟前一看，见窗上装了铁栅栏，凭经验，他估计这里面十有八九是银库。阿尖一咬牙，扳断了两根铁条，刚想钻身进去，只听得"嗖"的一声，一个女孩从楼上飞下来了，好似一只飞鸟掠过。

陈阿尖大惊失色，连忙想逃，却已经来不及了，只好拔出刀来，跟那人搏斗。双方只交手了十几个回合，阿尖便被那女孩飞起一脚，踢倒在地，当场被绳捆索绑，押到楼上。

到了楼上，见房里还有个女孩坐在床头。听她俩对话，才知那个跟阿尖对打的女孩是丫鬟，坐在床头的是陈家小姐。小姐身穿一件大红的绣花裙子，相貌秀美。她莞尔一笑，对阿尖说："你也太不像话了，如果缺钱用，不妨跟我直说，何必偷鸡摸狗，丢人现眼呢？我倒要问你，你究竟有什么武艺？"

陈阿尖满脸通红，不敢开口，被问了几次，才说道："别的武艺不敢夸口，只是轻功还过得去。"

小姐点点头，吩咐那丫鬟去拿一只藤条大笆斗来。笆斗朝天放在地上，底尖朝下，小姐让陈阿尖去走那笆斗的边。笆斗本身很轻，底又很小，一个人的分量压在边上，除非轻功绝顶，否则非翻倒不可。陈阿尖硬着头皮上去走，走了五十多圈，就已经大汗淋漓，吃不消了，只好红着脸跳下来。小姐笑着说："就凭你这一点本领，也想做贼吗？我家的小丫鬟都比你强多了。"丫鬟一试，果然一口气走了几百圈，连大气都没喘一口。

陈阿尖大惊失色，知道自己这一次肯定完了，忽然看见边上有一扇窗户没关上，乘她们不防备，他冷不丁地窜了出去。其实陈家小姐早已看见了，她伸出脚来，朝他手臂上踢了一脚，说道："便宜你了，饶你一条狗命！"

陈阿尖一路逃窜，只觉得肩膀上疼痛难忍。他连夜赶回家中，点灯一照，肩膀上满是青紫，治了好几个月，才痊愈。

后来，陈阿尖贼性不改，终于有一天被官府抓获了。县官一查，觉得陈阿尖犯案实在太多，不杀不足以平民愤，就上报朝廷，处以极刑。

这天，陈阿尖被绑赴刑场，阿尖娘也哭哭啼啼地来到法场。见娘这副模样，他心中百感交集，忽然长叹一声，把娘叫到跟

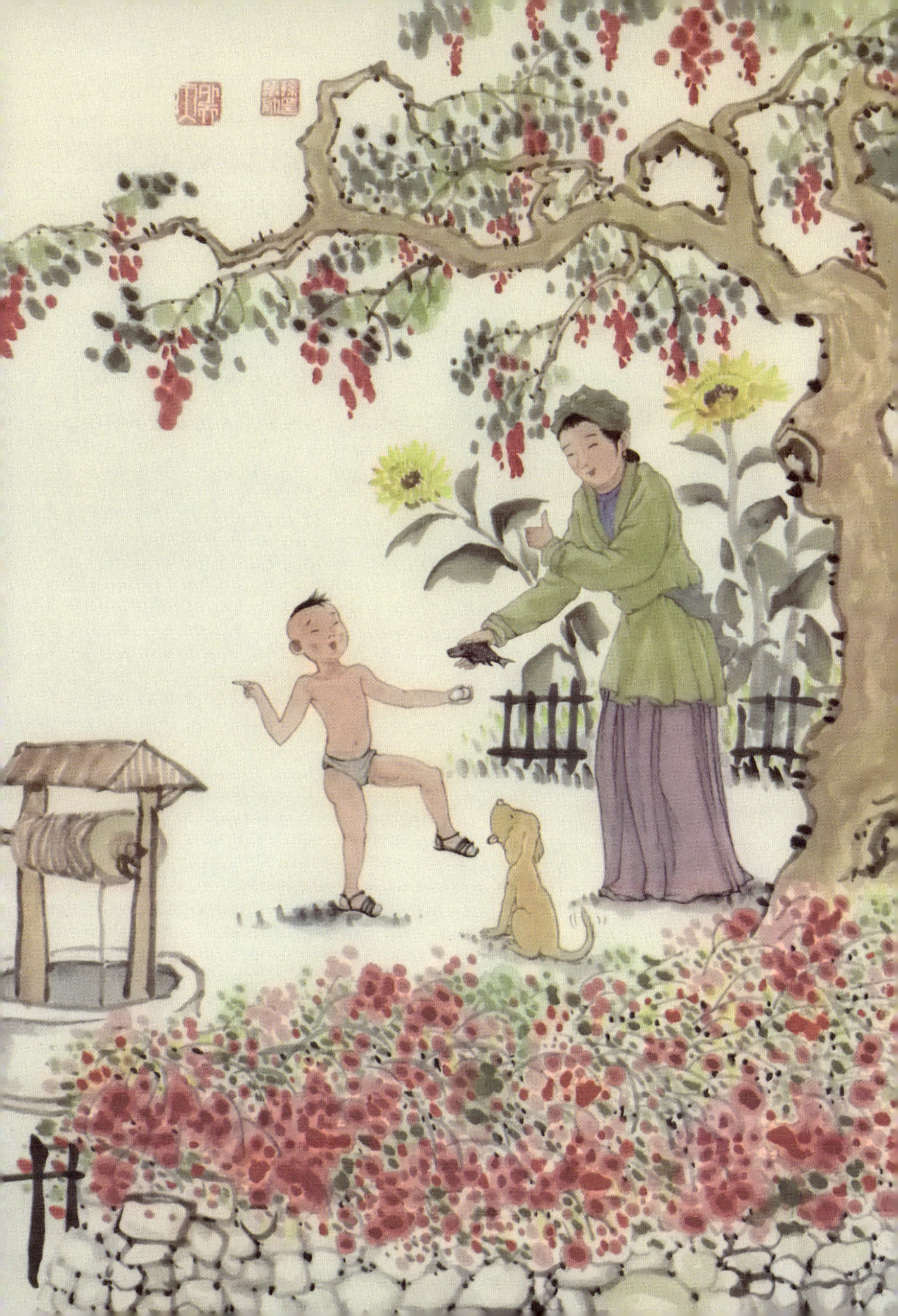

前,说:"儿子要死了,让我再吃一次娘的奶吧。"娘一愣,心想儿子都这么大了,怎么还想到要吃奶呢?不过再一想,人都要死了,还有什么事不能依他呢?当场解开胸怀,露出乳头,让阿尖吃奶。

谁知道陈阿尖一口咬住娘的乳头,一狠心,把乳头咬了下来,哭着说:"娘要是从小教我走正道,我还会有今天这个下场吗?"

法场上人声喧哗,大家议论纷纷。从此以后,这个故事便在江南一带流传开了。

【故事来源】

据清朝邹弢《三借庐笔谈》卷五译写。明朝陈继儒《读书镜》说的则是北宋宣和年间芒山盗的事。可见,这则民间故事世代相传,多有变异。

圆谎先生

清朝年间，钱塘江边上有一户姓封的大户人家。儿子在外面做大官，家中钱财万贯，奴仆成群，老头子吃了饭没事干，喜欢到外面找人聊天。按说聊天也是好事一桩，天文地理，海阔天空，几个人坐在一起说说笑笑，不知不觉半天工夫也就消磨过去了。可是，这聊天的事到了封老头子那里，却变了味道。因为他聊天，喜欢吹牛，一吹牛就控制不住自己，越吹越不着边际，还非要别人都相信不可。别人不买账，跟他顶真，揭他的底，可老头子还是要继续吹，吹着吹着就跟别人吵起来，经常弄得脸红脖子粗的，不欢而散。

他儿子觉得父亲老是吹牛，自己脸上也没有光彩，三番五次地去劝他，可老头子却不听儿子的，劲头一上来，又要肉骨头敲鼓——荤咚咚了。儿子为此伤透了脑筋，跟几个知己商量，有人给他出了个主意："老太爷喜欢跟别人聊天吹牛，做儿子的也不能阻止。倒不如出钱去请一位博学多才而又能随机应变的老先生来，跟老太爷做伴。老太爷说漏了嘴，他就在边上补漏洞、圆谎。这样，老太爷既有面子，心里又惬意。何乐而不为呢？"

儿子一听，正中下怀，连声说："好好好，只要能找到这么一位先生给我父亲圆谎，我就一年给他几百两银子的薪俸。"朋友笑道："千金之下，必有勇夫。重聘之下，岂无能人？俗话说，有钱能使鬼推磨。圆谎，还不是小事一桩？"

果然，几天之后，一个老头子前来应聘。封老头子跟他一攀谈，觉得蛮称心的，便称他为"圆谎先生"。从此以后，他俩便形影不离，成了一对好朋友。

这天，两人在钱塘江边上散步，对面走来几位老人，他们一起在江边的亭子里坐了下来。这几位老人开口便问："封老太爷，近来有什么新闻吗？"

"有呀！昨天我和这位先生在这儿散步，"封老头子指指边上的圆谎先生说，"见对江有个人在用一把几十斤重的大铁斧砍树，他用力过猛，铁斧脱手飞出，落到江里，竟漂到了我们这边。我们过去一看，嘿！奇怪，这把斧子连木柄都没有。你们说稀奇不稀奇？"

别人不相信，摇摇头说："不可能，不可能。没有柄的铁斧怎么能游过江？大概是演戏时用的木头斧子吧。"

封老头子坚持说："你们少见多怪。我看得一清二楚，是铁斧，不是木斧。"大伙儿顿时哄笑起来，异口同声地说他在吹牛。

圆谎先生连忙对大家说："不假不假，昨天我也看见的。原来那把铁斧吃进树枝，木柄脱落了，偏偏这时那树枝也掉进了钱塘江，所以铁斧和树枝就顺着潮水漂到了这里。"

大伙儿一听，连连点头，有人还补了一句："嗯，有道理。昨天江边的风确实大。"

封老头子觉得有人替自己圆谎，就越发得意起来，继续又吹开了："是呀，你们知道这风究竟有多大吗？昨天夜里，一阵风吹来，把我家园子里的井都吹到墙外去了。"

众人听了，又是大笑。圆谎先生搔搔头皮，连忙再来补台："不要吵。你们听我说，封家园子大，园墙也是各种各样的，砖头石头砌的叫墙，紫竹排起来的叫墙，荆条编起来的不也叫墙吗？我家老太爷说的园墙，就是一排细竹排起来的，平常都叫它篱笆墙，上面还攀满了红的、白的蔷薇花呢。却说这篱笆墙的里面有一口枯井，昨夜一阵大风吹过，把篱笆墙吹到了枯井的里面，不就等于把井吹到墙外去了吗？老太爷一早起来看见了，大呼奇怪，跟我一说，我也亲眼看见了。"经这么一说，众人鸦雀无声，可心里都明白，封老头子身边有"保镖"了，所以都笑着走开了。

封老头子觉得圆谎先生果然高明，就越发得意忘形，有一次竟对别人说："前些天下午，我和这位先生坐在园子里聊天，忽然从墙外飞进一只肥鸭来。我一看，哈哈，居然是烧熟了的，一嗅，好香！我就和他两个人分着吃了。如今回想起来，觉得味道真是好极了。"

别人笑着说："这大概是在梦里吃的吧！"

圆谎先生连忙说："不不，真有这回事。原来隔壁有个大嫂，家养了一只肥鸭，丈夫要她留着中秋节时招待客人。这天，丈夫外出，特别馋的她就在家里偷偷把鸭烧熟了，刚想吃时，丈夫回来了，大嫂手忙脚乱，竟把熟鸭扔过了园墙。正好那时我和老太爷在墙脚边，于是我们就接过鸭子分着吃了。这又有什么稀奇的！"

大家无话可说。封老头子得意地说："怎么样？我说的可是句句真话！不过我也在奇怪，怎么我吃了大半只鸭子，到现在还没有大便呢？"圆谎先生说："好哇，这说明你老人家身体好，长寿！"这一捧，封老头子就越发高兴了。

这天，封老头子在江边散步，身后跟着自家的一条大黄狗。

有人见了，就跟他聊天："嗬，这条狗真大！"

封老头子又吹了起来："嘿，这条狗闯起祸来可不得了！前几天它游到江对岸，偷吃了人家一块肉，人家追到我家来，要赔偿，我赔了他们一千两银子，你说倒霉不倒霉？"

人家说："狗偷肉吃，倒是听说过的。不过一块肉值一千两银子，这块肉该有多少重？起码得有几百头猪那么重呢，这狗吃得下吗？"旁边人听了，都哄笑起来。

这时圆谎先生出场了，说："不要笑。刚才我家老太爷没说清楚这是什么肉。难道天底下只有猪肉才是肉吗？"

"喔，这倒也是。"

"这就对了。告诉你们，这狗吃的是人肉。"

大家又吵开了："不可能，狗怎么敢？"

"听我说下去嘛。这狗会游泳，前几天游到了江对岸。那里有户人家，当年是很有钱的，如今却败落了。当年那人曾经花了两千两银子捐了个五品官，想不到老了之后竟然饿死在一间破屋里，他儿子到外面去募棺材，回来一看，发现有条大黄狗在吃他父亲身上的肉。他一边打，一边追，大黄狗游水逃回家，他也摇了小船追来，跟我家老太爷大吵大闹，说是他家老头子当年值两千两银子，如今却被大黄狗咬掉了半个身体，要赔，起码得赔一千两银子。我家老太爷息事宁人，出手大方，当场就给了他一千两。你说，是不是这么回事？"这么一说，大伙儿又哑口无言了。

又有一天，封老头子在家里看用人喂牛。这牛长得很肥壮，圆谎先生过来，称赞了几句，封老头子又吹开了："嘿嘿，这是我家的传家宝，名叫万里牛。我刚刚骑它到爪哇国去兜了一圈回来，所以非得亲自督促下人用十斤高丽参喂它不可。"

圆谎先生朝他看看，心想：你的底牌我还不清楚吗，怎么吹牛吹到我这儿来了？再朝边上一看，没人反驳他，就朝他笑笑，闷声不响地走了。

过了几天，封老头子忽然生了一场重病，躺在床上，奄奄一息，眼看不行了。他的儿子在边上侍候他，老头子忽然自己打自己的耳光，骂起自己来："老不死的！你这一辈子没说过一句真话，一天到晚吹牛，死了可怎么办啊？"

儿子吓坏了，赶紧去找圆谎先生帮忙。圆谎先生冷笑一声，说："我又不是良医，怎么救他？不如请他老人家骑着吃高丽参的万里牛，逃到爪哇国去躲一躲，或许还有救。到时候，我也会跟他一起去的。"说罢，他摇摇头，走了。

【故事来源】

据清朝吴炽昌《客窗闲话》续集卷六译写。

佃户说梦

清朝年间,有这么一个地主,因为吝啬刻薄、贪得无厌而远近闻名。凡是佃户向他租田,总要先送他一份厚礼,否则他就不租给你,每年的田租自然也是一粒谷都不能少的。不仅如此,他还经常趁佃户刚把土壤的肥力培育好时,借个由头把田收回去,真是雁过拔毛,黑心得不得了。

有个佃户叫李阿土,向这个地主租了田,才种了两年,刚刚摸着一点土壤的脾性,就被告知不再租给他了。阿土老婆一肚子牢骚,嘟嘟囔囔地说:"早知道他是这样,当初何必还送他厚礼呢?真是倒了八辈子的霉!"阿土是个乐天派,一向嘻嘻哈哈的,就劝自己老婆说:"后悔药有啥好吃呢!到了这种地步,埋怨也是白搭,走就走吧。你收拾收拾行李,先走一步,我还要到他家去一趟。"他老婆只好先走一步。

阿土到了东家屋里,东家自然不会给他好脸色看,生怕他来啰唆,板着脸问道:"你怎么还不走,到我这儿来做啥?"

阿土却一本正经地说:"东家,我老婆早已打点好行李,上了路。我这次来,一是向你告辞,二是向你报个喜。"

东家一听有喜,那张脸顿时"多云转晴",不紧不慢地问道:"喔,报喜。阿土,先坐下,慢慢说。喜从何来?"

阿土找了个凳子坐下,又自己动手给自己斟了一碗凉茶,"咕嘟咕嘟"喝完了,这才一抹嘴巴,从头说起:"喏,事情是这样的。昨天晚上,我刚刚睡下不久,忽然想起来一件事,明天一大早不是要走了嘛,后园还有几颗萝卜,是我种的,还没有去拔呢。所以,我一骨碌爬了起来,扛了一把锄头,跑到后园去挖萝卜……"

东家越听越不耐烦,忍不住打断他的话:"少啰唆,几颗萝卜有啥大惊小怪的?!挖就挖好了,何必来跟我讲?"

"唉,东家你不要急嘛,讲话总要从头讲起,你说是不是?这挖萝卜怎么是小事呢?你听我说下去。我刚把锄头砍下去,就听得'咣'的一声,碰到一样硬东西。拨开泥土一看,地下原来有个铜盘。揭开铜盘一看,你觉得是什么?喔,等一等,我嘴巴渴死了,让我再喝口茶……"阿土又来了个急刹车,站起身,慢腾腾去斟茶,又"咕嘟咕嘟"喝完了,这才重新坐回凳子上。

"刚才我讲到啥地方?喔,对了,说到地下有个铜盘。揭开铜盘一看,那铜盘下面端端正正摆着一只大瓮,瓮里满满的全是银元宝。东家,你倒说说看,这还不是喜吗?"那地主眼睛一亮,不过还有点不太相信,故意说:"嘿嘿,这是你阿土运气好,你一个人独吞好了,还跑来对我讲,有啥意思?"

"怎么没意思?这些银元宝上面,只只都刻着东家你的大名呢。你说我怎么敢拿?"

听他这么一说,地主的两只眼睛顿时睁得像田螺那么大。哈哈,我要发财啦!他一高兴,便提出要跟阿土好好喝上几杯。

酒菜搬上桌,两个人边吃边谈,好像是多年不见的老朋友。

酒酣耳热,那地主笑眯眯地给阿土夹了一只鸡腿,又问了起来:"阿土呀,真人面前不说假话,你难道真的一点也没拿吗?"

阿土搔搔头皮,不好意思地伸了伸舌头,说道:"实不相瞒,我看见这么多银子，心里实在喜欢，所以忍不住还是拿了一只小元宝。不过，东家你尽管放心，就是一只顶小的元宝，小得不能再小了。我可以对天发誓……"

地主一听，愈发高兴起来，觉得这个佃户见了银子不仅不敢吞没，就是私下里拿了一只小元宝，也毫不隐瞒地交代出来了。好！这种人够朋友。他一高兴，就吩咐家仆换上等好酒，非要跟阿土一醉方休不可。

阿土是见酒就喝，见菜就夹，不知不觉已经酒足饭饱。他醉醺醺地站起身来，拍拍屁股，要向东家告辞。

东家送到门口，又不放心地问了一句："阿土，你真的只拿了一只小元宝？"

阿土一边打着饱嗝，一边摇着手，又唠唠叨叨地说了起来："哪里，哪里。我虽然知道这是东家的银子，不过实在喜欢，所以想多拿几只。谁知道我正想再去拿的时候，我老婆翻了个身，一蹬脚，把我蹬醒了。你说，多么可惜！唉！直到现在，我心里还老大不舒服呢。"

东家大吃一惊，问道："什么？这么说，你刚才说的原来是一场梦啊？"

"是呀，当然是梦。我不是一进来就跟你说得清清楚楚的，这是半夜发生的事。怎么，说了半天，你难道以为是真的吗？"

那地主气得鼻子里直冒烟，瞪着眼要发火，却又发不出来，只好眼睁睁看着阿土大摇大摆地走了。

【故事来源】

据清朝青城子《志异续编》卷三译写。

白兰花

清朝末年，淮北有个闻名四海的大商人，名叫周海门。据说他原先并非当地人，十多年前来到淮北，开了几家大商铺，家财万贯，出手大方，尤其热心地方上的慈善事业，修桥铺路，扶贫救赈，做得样样起劲，别人背地里都叫他"活菩萨"。

有一次，周海门设宴招待地方上的知名人士，许多路途遥远的客人也被请来入座。酒过三巡，周海门已经有些醉意，对大家说："为什么当今世上就没听说过有名的剑侠呢？诸位走南闯北，见多识广，不知道有没有谁遇到过剑侠？"

话音刚落，隔壁桌上一位英俊少年站了起来，朝他拱拱手说："敝人刚从南方来，倒曾听说过一位剑客的名字。有关他的传闻，南方可以说是家喻户晓。不知主人是否愿意听听？"

周海门听到这里，眉梢不觉往上一挑，睁大了眼睛，高声问道："喔，有这么一个人？你可知道他的名字吗？"

"知道。人称'白兰花'。"

"什么？'白兰花'？"整个客厅顿时热闹起来，在座的宾客出于好奇，都想听听。

那少年说："既然大家都想听听，我就给大家说说吧。这个人叫什么名字，谁也不知道，听说是广西郁林州人。他到别人家里去，不论春夏秋冬，刮风下雨，临走的时候总会留下一枝鲜艳的白兰花。久而久之，江湖上都称他为'白兰花'。就说嘉庆十五年吧，广东东江发大水，十万百姓遭殃，官府不肯赈济。当时有个热心的绅士倡议募捐，可豪门大族、达官贵人都不肯捐。一天晚上，那绅士把募捐册放在床头的书桌上，迷迷糊糊就睡着了。等他醒来一看，咦？募捐册怎么不见了，边上的花瓶里却插着一枝白兰花。喔，原来是'白兰花'来过了，他什么东西都没拿，却拿走了这本空白的募捐册。他拿这玩意儿去有啥用处？谁也猜不透。

"说来也怪。三天之后，有人拿了这本募捐册来找那位绅士，说是路上遇见个陌生人，让他来请主人到河边共议大事。绅士接过募捐册一看，不觉地呆住了，只见页页都写满了名字，连那些一毛不拔的铁公鸡，也都捐助了一笔巨款。那绅士忐忑不安地赶到河边，只见河岸上堆满了好几万石粮食，还有几万两银子。饥民们闻讯赶来，河岸上一时欢声雷动。大家事后猜想，那些豪门大族、达官贵人之所以肯捐助，一定是'白兰花'在暗中使的劲。可是，这个白兰花长什么模样，谁也没见过。"

经过那少年这么绘声绘色地一说，满客厅的人都啧啧称奇，越发对"白兰花"产生了浓郁的兴趣，大家纷纷过来向少年敬酒，并缠着他继续讲下去。

那少年抿了一口酒，又兴致勃勃地讲了下去："这样的故事还多着呢。有一位将军，率领水军巡逻海上。一天晚上，舰队停泊虎门，将军在主舰上宴请宾客，招来几十名花枝招展的妓女，主宾们左拥右抱，好不惬意！酒足饭饱之后，宾客们一一告辞，将军留下一名色艺双绝的妓女，要她陪他过夜。谁知第二天天亮醒来一看，床头的桌上赫然插着一枝白兰花。将军大惊失色，却又不敢声张。你说怪不怪？

"后来又有一次，有个钦差大臣到广东视察，一路上他耀武扬威，敲诈勒索，不知道怎么着，那个钦差大臣的辫子被人割掉了，而他的枕头边上却留下了一枝白兰花。

"钦差大臣又恼怒又害怕，就把两广总督叫来，劈头盖脸地臭骂一顿，勒令他们限期破案。两广总督哪里抓得住'白兰花'？只好来个瞒上欺下，从监牢里提出一名犯人，冒充'白兰花'，绑赴刑场。谁知道刽子手举起屠刀正要用刑的时候，人群中忽然有人高叫：'刀下留人！'就在刽子手愣住的刹那，那人已经到了跟前，大声说道：'他又不是"白兰花"，冤枉他干什么？我才是真正的"白兰花"，要杀就杀我吧。'天底下竟有这种怪事，居然会自己找上门来送死。于是捕快、衙役一拥而上，把他绳捆索绑，推推搡搡地押回了衙门。

"后来，总督登堂审案，那人供认不讳，说是要杀要剐，悉听尊便，有什么好啰唆的！总督怕他逃掉，吩咐衙役用整匹的布帛把他浑身上下都捆了个严严实实，再在布帛外面加缠上铁丝，将他投入大牢，准备次日用刑。

"到了第二天，在刑场正要用刑的时候，犯人却高叫起来：'冤枉啊！我又不是"白兰花"'。刽子手仔细一看，嘿！真是天晓得，怎么眼睛一眨，老母鸡就变成鸭了呢？这不是死牢里的牢头禁子吗？问他发生了什么事，牢头禁子哭丧着脸，把经过说了出来。原来他昨夜看守'白兰花'，一夜无事，只是天将蒙蒙亮的时候，打了个瞌睡，不知怎么搞的，一觉醒来，自己就已经在刑场上了。你说怪不怪？"

白兰花

121

听故事的人听得如痴如醉，个个张大着嘴巴还想听下去，那少年却不讲了。有人催促着问："后来呢？后来呢？"

那少年笑着说："哪来这么多的后来？后来就一直听不到'白兰花'的消息了，有人说他成了仙，上天去了，也不知道是真是假。"

周海门在边上听，一言不发，到这时候他才捋了捋胡须，笑呵呵地说："剑侠也是凡人，怎么可能成仙呢？我想他大概年纪大了吧。"说着，打了个呵欠。众人一看，夜已深了，也就纷纷告退。周海门却把这位讲故事的少年留了下来。

客人走了之后，周海门把那少年请进书房，脱去头巾，笑着对他说："你的眼力不错。你再仔细看看，我是谁？"

那少年哈哈大笑，说道："明人不说暗话，晚生早就知道前辈就是南方鼎鼎大名的义侠'白兰花'，只是当着众人的面不便说穿罢了。晚生此番来淮北，罗浮山高僧慧远大师托我给前辈带来一封书信，我还一直担心带不到呢。谁知踏破铁鞋无觅处，得来全不费工夫。"说罢，他取出书信，恭恭敬敬地交给了周海门。

周海门接过书信，看罢，闷声不响，只是客客气气地把少年送到客房住下。

过了三天，周海门又大摆宴席，邀请上次来赴宴的那些宾客再次欢聚。酒筵上，周海门当众宣布："我的师父在召唤我，我将出一趟远门，从此浪迹天涯，云游四海。我家中一切财产就托付给这位先生照管了。"说罢，他让这位从南方来的少年坐上座，将钥匙和账簿亲手交给了他，并让家中男女奴仆全都过来见过新主人。这位少年姓苏，名超，大家都叫他苏公子。

周海门只有一个十四岁的女儿，出门那天，父女二人，一人

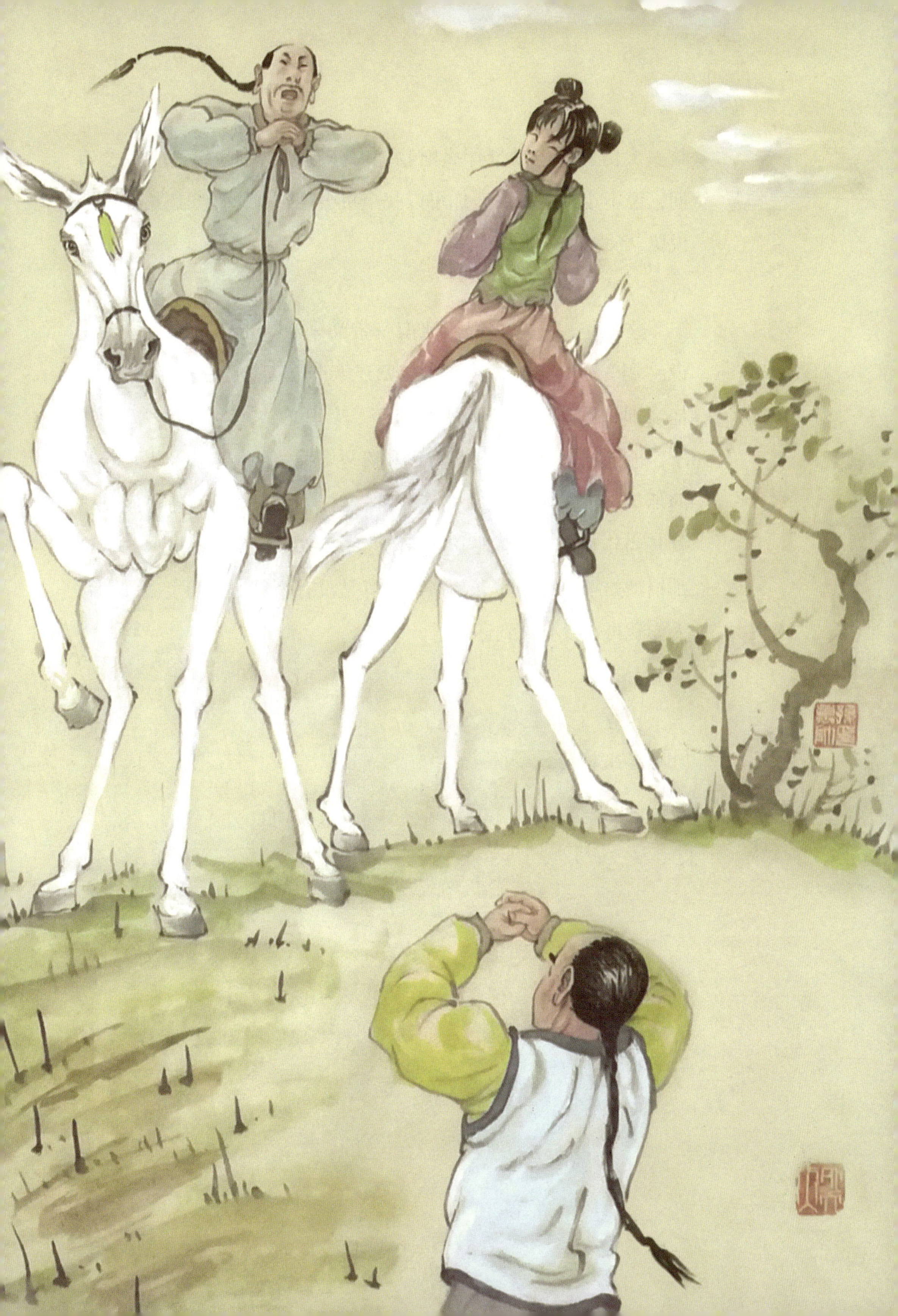

骑一头白骡，也没带什么财物，对苏超拱拱手，说道："后会有期，说不定十年之后，你可以找个机会把这份家产归还给我的。"说罢，父女二人告辞而去。

一晃十年过去了。

这一年，黄河决堤，河南一带涌来成千上万的难民。苏超说："周先生临走时，约我十年归还家产，莫非应在这件事上？"他当即让账房先生清点所有家产。家里总共还有七十多万两银子，他全部拿出来捐赠给救灾和修复堤坝的慈善事业。堤坝合拢的那天，苏超在堤坝上宴请宾客，这才告诉大家："周海门先生就是当年在南方名闻遐迩的义侠'白兰花'。今天我把他的家产都捐赠给了当地的父老乡亲，也算是没有辜负他的初衷。"此后，人们就再也没有见到苏超了。

【故事来源】

据《清朝野史大观》卷十二《清代述异》译写。

徐次舟逸事

清朝末年，广东有个道台*，名叫徐次舟。此人是县令出身，审起案子来精明能干，随便怎么奸刁促狭的人，都逃不过他的眼睛。他的脾气耿直，无论什么有权有势的大官，只要他看着不顺眼，照样敢顶撞。所以，广东民间流传着不少有关徐次舟的传说。

据说徐次舟在南海县做官的时候，正好遇上同治皇帝驾崩，朝廷的哀诏发到南海县，按照惯例，地方上的大小官员都得到万寿宫吊唁祭奠。当时广州有个将军，也在南海，他一向骄横跋扈，目中无人，坐在轿子里，一直让人抬到大殿前，才大摇大摆地下来。别的官员见了，敢怒不敢言，谁也不愿去捅这个马蜂窝。偏偏徐次舟不买账，非要去摸摸老虎的屁股不可。

这天，徐次舟准备了一块长长的白布，上面用毛笔写着"文武官员军民人等至此下马"十二个大字，用竹竿挑着，像是个旗幡。他自己穿着白衣，戴着白帽，亲自举着这个条幅站在东华门外。他见那个将军的轿子抬过来了，便抢上一步，把条幅举到轿子前，大声喊着："请将军下马！"将军掀起轿帘一看，很是恼火，可也只好窝着一肚子火，老老实实地下轿，跟着大伙儿，一步一步地走进万寿宫。

那几天，举国哀悼，按规定是不许奏乐的。有个都统，偏偏

道台
又称道员，清代官名，是省（巡抚、总督）与府（知府）之间的地方长官。

让手下差役鸣锣开道，想要抖抖威风。这事又让徐次舟撞上了，他也不跟都统啰唆，让差役把那个敲锣的抓起来，带回衙门，打了三十大板，再送回都统府。另外，他还写一份公函，说按照大清律，这个人是要杀头的，念他无知，就饶了他一回，只是打了几十板，现在送上，请大人指示接下来该怎么办。那都统见信后，好比是炉灶里塞进一把湿稻草——有火也发不出，还得写封回信谢谢他呢。

还有一次，他要跟一个外国领事交涉一件事，写了封公函，公函上称呼对方为"贵领事"。对方领事在回信的时候，特意指出："我这个领事的职位，相当于贵国的司道。贵国的县令给司道写信，要称呼'大人'，现在阁下致函本领事，自然也应该尊称我为'大人'才是。"

徐次舟读了他的来信，"扑哧"一笑，当即写了封回信，大意是说：

敝国的县令称司道为大人，那是因为对方是司道。贵领事的职位虽然相当于敝国的司道，毕竟只是"相当"，并非就是敝国的司道。要知道两国之间交涉，那是主人和客人的关系，历来主客相交，是不可以责备什么称呼的，主人就是主人，客人总是客人，这点道理你应该明白吧。不过，话又要说回来了，"大人"这两个字，又有什么尊贵可言呢？敝国有些书画家，画了画送人，哪怕对方是轿夫、奴仆、农夫或工人，一概要在画上题款，称对方为"仁兄大人"，可见这个称呼其实也是很泛滥的。贵领事如果一定要我称呼你为"大人"，我就将这样的"大人"称呼贵领事，或许你又会不舒服了吧。

这封信冷嘲热讽，那个外国领事读了之后哭笑不得，便再也没有下文了。

徐次舟在南海做县令的时候，还亲手断过这么一桩案子。

一个老婆婆来告状，说家里养的一头猪丢了，怀疑是阿三偷的。把阿三叫来问，阿三大喊冤枉，说道："老爷，猪怎么偷呢？你想想看，如果让猪自己走，一个人在后头赶，这猪走不动，磨磨蹭蹭的，早会被人家发觉了，所以必须把猪扛在肩上。小人瘦骨嶙峋，手无缚鸡之力，哪里能偷猪？"

徐次舟点点头，对阿三说："不错不错，我也知道你安分守己，是个好百姓。听说你家里穷，今天老爷开恩，赏给你十千钱，往后做做小生意，力求上进，可别辜负了我对你的栽培！"说罢，让差役取来十千钱，堆在公堂之上。

阿三喜出望外，连忙叩头道谢，然后站起身来，把一串一串的铜钱一一扛到肩上，正要走时，却被徐次舟拦住了。徐次舟呵斥道："且慢！你说你手无缚鸡之力，如今这十千钱何止六十斤，你扛在肩上却十分轻松，可见你扛一头猪也是绰绰有余的。再说了，我刚才并没有追究你偷猪的办法，你倒自己先说了，可见你这个偷猪贼经验丰富，堪称老手了。来人，大刑伺候！"阿三吓得屁滚尿流，连连叩头，老老实实招认了偷猪的经过。

还有一次，徐次舟上街巡视，看见一个十二三岁的男孩子蹲在路边呜呜地哭，便上前问他："为什么哭呀？"

孩子说："我篮子里有二百个铜钱，被人偷去了，回去没法交账。"

徐次舟又问："你是干什么的？"

"卖油条的。"

"油条在哪里？"

孩子举起篮子给他看，说道："油条原先也装在篮里，现在已经卖完了。"

"喔，这么说，油条是放在篮里的？"

"嗯。"

"卖油条换来的铜钱也放在篮里的？"

"嗯。"

徐次舟忍不住笑了起来，指着篮子说："这只篮子真坏，它为什么不替你守住这些钱呢？现在被人家偷去了，怎么办？我要为你审一审这只坏篮子。"说罢，他带着孩子和篮子，一同打道回衙。

路上行人一听徐青天要审篮子，这倒真没见过，便一传十，十传百，大伙儿一窝蜂地跟到县衙门去看热闹。

进了县衙门，徐次舟往堂上一坐，吩咐在公案上放一只脸盆，脸盆里盛满清水，然后对堂下看热闹的人说："你们排好队，从东面台阶上来，每人摸出一枚铜钱，扔进水盆，再从西面台阶下去。交了钱的，可以看我审篮子，不交钱的，不许看。"众人想，一文钱有啥大不了的，交就交，于是都排队去交钱。

徐次舟在边上冷眼观察，忽然看见一个人投了一枚铜钱，铜钱落盆后，水上漂起了油花，他一声断喝："这就是偷钱的人！"差役过来，一搜身，果然搜出了二百个铜钱，便把铜钱还给了那个卖油条的孩子，并把众人投进去的那些钱也送给了他。那个偷钱的人自然受到了应有的惩罚。

有人问徐次舟，你怎么知道那个人偷了钱呢？徐次舟说："一只篮子里又放油条又放铜钱，铜钱上一定会沾上油污。铜钱扔进清水，有油污浮上来的就很可能是孩子的钱。"

那人有点不明白，又问："你怎么知道偷钱的人一定会进衙门来看热闹呢？"

徐次舟说:"我一说要审篮子,路上行人议论纷纷,都说我太傻,以为我有神经病,怎么会不来看热闹呢?那人心中有鬼,自然更要来看看才能放心,是不是?不过话又要说回来,万一那个偷钱的人不来,我也不怕,看热闹的人至少好几百,每人一个铜钱,拿来送给那孩子,不也足够了?"

【故事来源】

据清朝吴趼(jiǎn)人《札记小说》译写。

三夫争妻

清朝末年，合肥有个县官姓孙，具体什么名字，大家也记不得了。只知道他为人刚直，办案公正，据说连李鸿章也怕他三分哩。那一年，合肥发生了一桩稀奇古怪的案子，三个男人争夺一个妻子，谁也不肯让步，那个姓孙的县官居然很巧妙地把案子断了，而且断得人人心服口服。消息一传开，合肥的老百姓交口称赞，都说他是个难得的清官。

这个案子说来话长。起初，有个合肥人跟当地一个武官非常要好，正好两人的妻子都怀孕了，他们就订下了誓言：如果两家都生男孩，就让他们结拜兄弟；如果都生女孩，就结拜姐妹；如果生了一男一女，就让他们长大后配成夫妻吧。

到了分娩的时候，武官家生了个男孩，那个合肥人生了个女孩，于是两家人高高兴兴地定了亲。

几年以后，武官任期满了，带着家眷回老家去了。这一去就是十几年，在兵荒马乱的年月，双方都杳无音讯。

后来，那个合肥人死了，母女俩相依为命，日子过得很艰难。眼看女儿已经十八岁，到了出嫁的年纪了，怎么办呢？她母亲看看武官那边还没有消息，可也不能总这么等下去，就自作主张，给女儿又相了一门亲。对方是个商人，有的是钱，当场就送来一份丰厚的聘礼，这门亲事算是定了下来。不过，定了亲之后，商人又出远门做生意了。这一去之后，也是音讯全无。她母亲等等不见人，又担心起来，生怕女儿将来嫁不出去。于是，一咬牙，便将女儿许配给了一个当地人。

谁知道，正在那个当地人张罗着要娶亲的时候，商人回来了。他前脚刚跨进门，后脚就催着媒人到女家，商量一个办喜事的黄道吉日。

姑娘的母亲吓了一大跳，顿时手足无措，不知该怎么应对才好。正急得团团转的时候，门口又进来一个人，一问，原来他就是当年那个武官的儿子。只见他穿戴崭新，喜气洋洋，身后还有几个仆人，抬着大宗聘礼，也来迎亲了。哎哟哟，这可怎么办？姑娘的母亲心里一急，竟昏了过去，醒过来后，也还是毫无办法，只知道低着头哭。

消息一传开，三个男家的媒人都不肯让步。没办法，这事只好闹到了县衙门。

孙知县收下三家的状纸，没法判断，又把姑娘的母亲传上堂来，让她把这件事的前因后果仔仔细细地说了一遍。他一听，倒是事出有因，一时之间也说不出个子丑寅卯来，只好吩咐退堂。

第二天，孙知县升堂，先把那个姑娘传来，让她当堂跪下，又传来三个告状的男人，让他们并排跪在姑娘的后头，然后开始审问。

先是一声断喝，要姑娘抬起头来，一看姑娘的相貌，孙知县就哈哈大笑起来，说道："果然长得漂亮，怪不得他们三人都要拼命来抢你啦。"

这一说，可把姑娘气坏了。她心想：哪有这样审案子的？脸

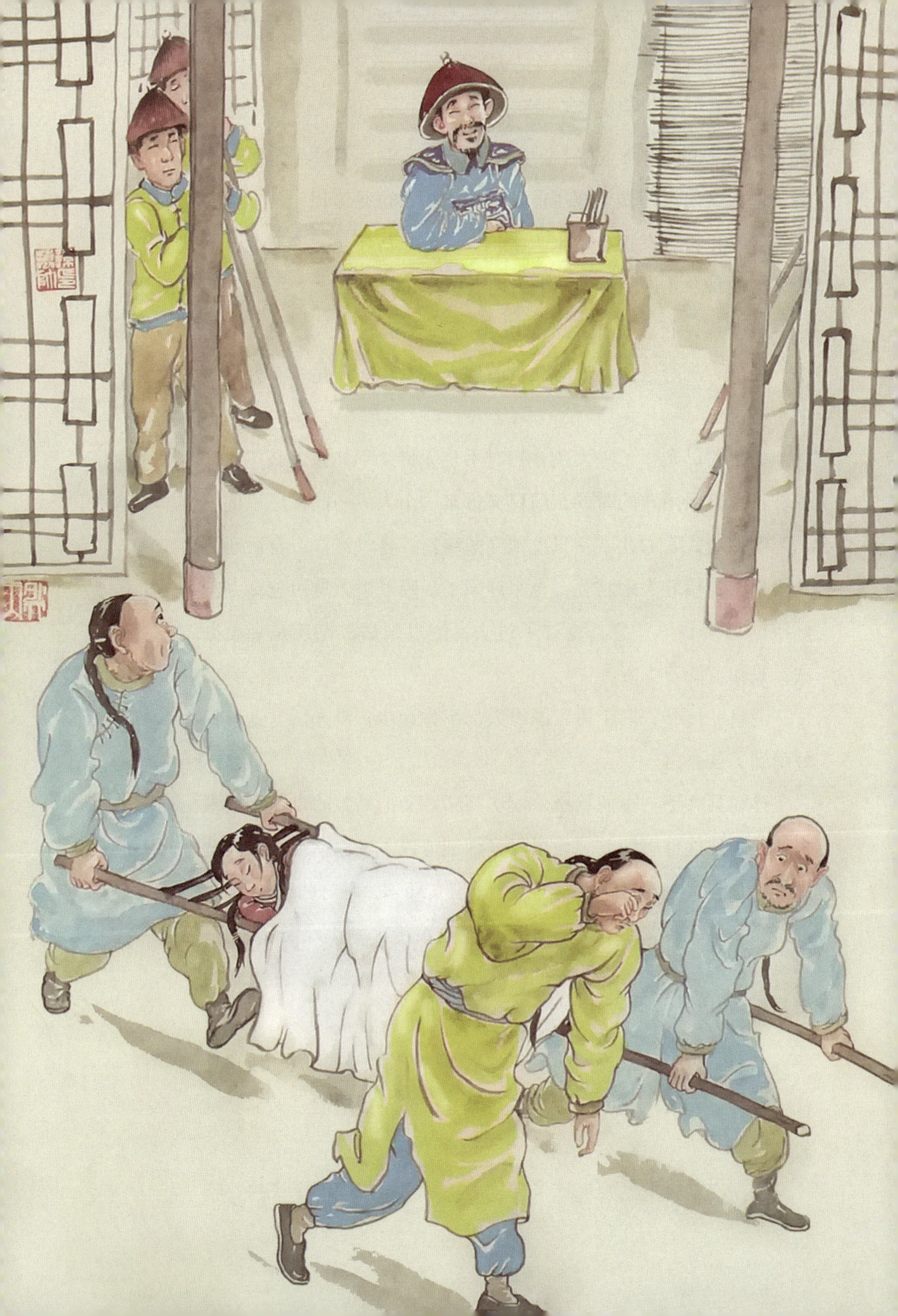

一红，低下头，再也不肯抬起来了。

孙知县看在眼里，心里暗暗得意，索性又说了下去："姑娘，要知道你一个人自然不可能同时嫁三个丈夫，再说他们三个人也绝不会答应你同时嫁三个人的，对不对？不过，话又要说回来了，你的母亲贪财，收下了他们三家的聘礼，我又有什么办法呢？帮谁都不好，只要一家高兴，就会有另外两家不高兴。好吧，今天他们三个人都在堂上，你当场挑一个吧，挑中了谁，就跟谁结婚！"

孙知县的话说得不真不假，不阴不阳，姑娘家怎么受得了呢？她心想："这三个未婚夫，我是一个都没见过，要说有点感情，自然是武官的儿子，不过那也是十多年前的事了，现在也不知道他到底长成什么模样？现在县官老爷说要我自己挑一个，难道真的可以由着性子挑吗？将来传扬出去，别人会指着我的背脊，戳戳点点地议论，叫我怎么做人啊？！"真是左也难来右也难。孙知县再三追问，她只是低着头哭泣，总是不开腔。

孙知县火了，又刺激了她一句："为啥不开口？难道这三个人都不称你的心吗？"

姑娘还是不回答。

孙知县再问一遍。

姑娘仍旧不说，不过这时她又羞又气。

孙知县又问："那么，你想怎么办？"

姑娘实在忍无可忍，冲口而出，说了声："我不如死了好！"

孙知县不觉笑出了声，说道："死？如果死真的能解决争讼，倒也是一件好事。怕只怕你没有这个志气。"

"谁说我不敢死？我就是要死！最好马上就死！"

"好！这才像个烈女。你要死，也好，本官就成全你吧。"说罢，他吩咐差役，把毒酒取来。

姑娘走投无路，一气之下，就把毒酒喝了下去。母亲在堂下见了，吓得大哭起来，她一面高喊喝不得，一面想奔上去夺下酒杯，却被两旁的衙役死死拖住，无法动弹。

那姑娘喝下毒酒，昏倒在大堂上，只挣扎了两三下，就不动了。差役上前检验，当堂报告："已经断气了。"

孙知县对那个当地人说："刚才这一幕你都看见，本官也就不多讲了。现在我来问你，你不是已经定下吉期，单等着花轿进门了吗？可惜新娘子没福气，已经死了。我看你把尸体领了去，好好给她殡葬了吧。将来，你还是可以再续弦的嘛！"

那个当地人一听，吓得双手乱摇，说道："大老爷明鉴，这事可不能开玩笑的。我要的是活人，谁还会娶个死人啊！再说，她不是早就许聘给别人了吗？算我自认晦气，把她让给别人吧。"

孙知县一阵冷笑，又去问那个商人："既然他已经不要了，那你领去吧。"

商人也吓坏了，连连叩头，结结巴巴地说："大……大老爷，我……我要个死人做……做啥呀？我……我也让了吧。"

孙知县一阵冷笑，只得去问武官的儿子。这时候，武官的儿子早已哭得跟泪人儿似的。他一边叩头，一边说道："虽然我不能和她白头到老，不过当年指腹为婚，是两家老人的遗愿。曾经青梅竹马，也是我跟她之间一段难忘的情谊。就让我把她的尸体领回去吧。"

孙知县一听，捋捋胡须，连连称好，心里悬着的石头也总算落了地。他对商人和那个当地人说："路遥知马力，日久见人心。此话一点也不假，你们二人，在姑娘活着的时候拼命地争夺，她一死，你们就推得一干二净。扪心自问，你们还有一点点夫妻恩爱的道义吗？既然如此，那就当堂画个押吧，罚你们每人拿出十千文钱来，帮衬她娘操办丧事。从此以后，谁也不准反悔！"

那商人和当地人心甘情愿地各拿出十千文钱来，当堂画了押，就溜走了。

武官的儿子哭着把姑娘的尸体领了回去。谁知道，姑娘刚到武官儿子的住处，就苏醒过来了。原来，这是孙知县用的计谋，他给姑娘喝的根本不是什么毒酒，而是一种蒙汗药。不过这么一试，果然把真情假情和好心坏心都试了出来。

【故事来源】

据清朝吴趼人《中国侦探案·三夫一妻》译写。徐珂在《清稗类钞》中，把这个故事说成是光绪年间上海县令陆春江所判的一个案件。可见，这个故事已经成为传说，广为流布。

一只绣花鞋

河北定州有个庄稼人,名叫大根,娶了个妻子,名叫枣花。枣花年方十八岁,生得漂漂亮亮的,谁见了都要称赞几声。大家都说大根真有好福气,能娶上这么个漂亮的妻子。

枣花漂亮,大根自然非常疼爱她,但也因为枣花实在太漂亮了,大根脑子里的那根弦一直紧绷着。

这年秋收完毕,枣花娘家的村子里请了个戏班子来演戏酬神,枣花的父亲派人来接闺女回娘家。枣花回娘家,才住了三天,大根就熬不住了,急匆匆地赶到丈人家去接媳妇,说是老娘操劳过度,老毛病发了,要枣花赶紧回家。

枣花一听,不乐意了,嘟起嘴巴说:"社戏今天是最后一夜,你就让我看完吧。婆婆生病,夜里也没啥事情好做的。我明天一早赶回去,不会耽误什么吧?"枣花的几个小姐妹也在边上帮腔,都说大根哪像个大男人,小里小气的不像话。大根斗不过她们,憋着一肚子气,只好一个人回家了。

大根回到家,总觉得咽不下这口气,非要想办法报复不可!于是乘着夜色,又一个人悄悄地赶到了枣花娘家的村子里。到那儿一看,社戏早开了场。枣花家有间矮房子,正好在戏台对面,枣花跟她娘家的几个小姐妹就坐在房顶平台上看戏。台上演的是

《张古董借妻》，演张古董的艺人很会做戏，惹得枣花老是咧着嘴笑个不停。谁知道枣花越是开心，大根就越是懊恼。他老远看到枣花在指手画脚地说笑，就一个人从人堆里挤了过去，躲到了屋檐下。这时候，场上黑咕隆咚的，戏台上又敲着震耳的锣鼓，谁也没注意到大根。再说，枣花看戏看出了神，不知不觉地，把两只脚挂到了屋檐下。大根一抬头，正好看到枣花的一只脚，就踮起脚跟，悄悄地把枣花的一只绣花鞋给脱了下来。枣花一门心思地看戏，一点也没有觉察到。

大根把这只绣花鞋藏在怀里，挤出人群，急急忙忙地赶回了家。他关上门，躺在床上睡觉时想：明天早上枣花回来，非要好好羞辱她一番不可，谁叫她不肯跟我一起回家呢。

再说枣花看戏，看着看着，忽然觉得脚上凉飕飕的，一摸，鞋子没有了！这可如何是好？村子里这么多亲戚，这件事要是被张扬出去了，满身是嘴也辩不清啊。想到这里，枣花哪里还有心思看戏，就一个人悄悄地下了屋，到房里找了一块布包了脚，跟爹娘说要马上赶回家去。她爹娘觉得奇怪，却又拗不过这个宝贝女儿，只是听说女儿累得没力气走路了，就派了一个大妈，牵了头驴送她回家。

到了家，婆婆还没睡，开门见到枣花，就奇怪地问："咦，你男人说你要明天才回来的，怎么今天就摸黑赶回来了？"枣花笑笑说："听说你病了，就急忙赶来了。"说完，她谢过送她回来的大妈，就一个人悄悄地进了屋。原来枣花心里有个打算，想趁着黑夜赶回家，悄悄换上一双鞋，神不知鬼不觉地就可以把这事遮掩过关了。谁知道这事骗得了爹娘，骗得了婆婆，却骗不了大根。

枣花进屋，不敢点灯，摸黑去找鞋。大根早惊醒了，他翻身坐起，劈头盖脸地扔过去一句话："我以为你跟那戏子跑了呢，还回来干啥？！"枣花知道男人生气，也不争辩，想等大根睡下后，赶紧去找鞋。谁知大根就是不睡，又听他说："怎么不点灯？"枣花一惊，连忙说："夜里没火种，算了。你先睡吧。"

大根怎么会听她的，一骨碌爬起，就去点灯。这下，什么都看清楚了。大根只当不知道，故意说："咦，你的脚怎么肿了？来，让我瞧瞧。"枣花还想蒙混，伸出那只穿鞋的脚。大根眼疾手快，一把拽住另一只脚，问道："鞋子哪里去了？为什么包了块布？"

事到如今，还有什么话好说。枣花只好低下头，脸上红一阵白一阵的，恨不得找个地洞钻进去。大根呢，正好借题发挥，指桑骂槐地大吵大骂起来："好哇，你男人跑老远路去请你，你摆架子不肯回来。你在戏场上搞了什么名堂，是瞎子吃饺子——自己心里有数。鞋子明明穿在你的脚上，你不情愿，别人能脱下来吗？哼！你以为你长得漂亮，就该我来求你吗？如今，你干出这种丑事来，还值几文钱？你就是跪下来求我，我都不要你呢。"大根越说越得意，把憋在肚子里的闷气，借着这个由头全发泄出来了，心想：这样一来，枣花在我面前，就再也不敢摆架子了吧。

谁知道大根的如意算盘打错了。这种事也好开玩笑吗？女人最怕的就是这种事。枣花年纪还轻，怎么想得开？一时冲动，便挂了根布条子，悬梁自尽了。

等到大根发觉不对头，爬起身去寻人时，枣花的身体早已冰凉冰凉的了。他一阵惊慌，赶紧把枣花抱下来，又后悔，又害怕，七想八想，忽然想到枣花是深夜回家的，邻居都不知道，索性把尸体藏起来，再到她娘家去要人，这事不就跟自己没牵连了吗。于是，他背起尸体朝外走，来到关帝庙门口，把尸体朝水井里"扑通"一扔，便转身回了家。

第二天,他也没跟老娘打招呼,就一个人上枣花娘家去了。到那儿一问,丈人说枣花昨夜就回去了,大根硬说没见她回来。翁婿两人越说越不投机,拉拉扯扯地来到了官府。

定州知府姓胡,人却一点也不糊涂。经过审问,他基本明白了事情的真相,便连忙派差役去井里捞尸体,捞上来一看,连大根也傻眼了,尸体不是枣花,却是一个光头和尚。周围人都认识他,是住在关帝庙里的了空。

了空和尚怎么会死在井里呢?说起来这里有一段插曲。原来枣花被扔进井里的时候,凑巧搁在一块水浅的地方,井水很冷,她不但没被淹死,反倒被冻醒了。五更时,了空和尚早起去提水,听见井里有哭声,便到井边来看。一问,原来是大根的老婆枣花,就扔根绳子下去,想拉她上来。可枣花力气小,又受了惊吓,心慌意乱的,怎么也攥不紧那根绳子。正在这时,一个木匠师傅走过,了解情况后,就出了个主意。他建议和尚下井,把绳子缚在枣花的腰上,自己在上面拽绳子。和尚一听,觉得有道理,就照办了。谁知道那木匠把枣花拉上来,定睛一看,哟,这么漂亮!不由起了邪念。他扶枣花到那边高墩上休息,假惺惺地说自己还要去拉和尚上来。可是,回井边后,他找了块石头狠命朝井里砸去,石头正好砸在了和尚的头上,了空当即一命呜呼。等到枣花发觉,想逃走时,却已经来不及了。木匠又是恫吓,又是哄骗,说枣花已经上了贼船,别无他法,只有跟着他远走高飞,才是唯一的出路。

那木匠光棍一人,家就在村口,两个人准备先在家里躲上一两天,过了这个风头,再远走高飞。第二天,枣花对木匠说:"我脚上的鞋子全弄丢了,怎么办?"枣花的一只鞋,是看戏时丢的，还有一只陷在了井里的污泥中，从井里上来时，也掉了。没有鞋，走不了路，而木匠又是光棍，家中自然没有女人的鞋子，所以他只好到外面想办法。

出门一打听，人们都在说枣花失踪和了空和尚死在井里的事。木匠毕竟有些心虚，哪里还敢声张要找女鞋的事，只好东转转，西逛逛，寻找着适当的机会。到了傍晚，木匠走在田埂上，忽然看见路边有一双女人的绣花鞋，不觉地欣喜若狂，朝四周一看，见没有行人来往，便悄悄地拾起来，揣在怀里，回家去了。

回到家，他把鞋子递给枣花。枣花一看，愣住了，怎么搞的？这不就是自己穿的那双吗？一只丢在戏场，一只丢在井里，怎么全跑到你手里来了呢？

枣花刚想开口问，只见两个差役破门而入，二话没说，就把木匠捆绑起来。原来，这正是胡知府设下的计谋。发现和尚的尸体之后，他们只从井里找到一只绣花鞋，和大根手里的那只正好是一双。胡知府是聪明人，知道枣花没有鞋，一时也走不远，就故意派人把鞋扔在路边，引凶手上钩。这不，木匠是病急乱投医，为了找鞋，反而上了钩。

到了这一步，案情真相终于大白。木匠杀人，自然一命抵一命；大根被判罚劳役；枣花呢，从此再也不想跟大根一起过日子了。胡知府很同情她，当堂判他们夫妻离婚。后来，枣花改嫁给了一个老实人，日子倒也过得蛮好。

【故事来源】

据清朝长白浩歌子《萤窗异草》二编卷三译写。

林则徐求雨

林则徐是鸦片战争抗战派的领袖。他在虎门焚烧鸦片，积极筹备海防，招募义勇，抗击英国侵略军。这些可歌可泣的事迹，大家都很熟悉。今天要讲的一个故事，是他任湖广总督时的一个插曲。

道光年间，林则徐出任湖广总督的时候，正好遇到湖北大旱，田地龟裂，禾苗枯焦，米价一天一个样。老百姓四处逃荒，苦不堪言。

为了救灾，林则徐伤透了脑筋。他倡议由官府出面，募捐一笔钱款来买米，然后再平价卖给灾民。他劝下属官员尽可能多捐一点，谁知这些人一向是捞钱的好手，一听要捐款，纷纷推说有这样那样的困难，谁也不肯捐。

林则徐一看，这条路走不通，就只好另想办法了。

这一天，他在总督衙门口挂出告示牌，说是定于某日在某地举行求雨祭仪。求雨是大事，任何人不可怠慢，按照惯例，从抚司开始，直到县令，大小官员必须统统斋戒，吃素三天，以示诚心，违者定受重罚。

三天一过，到了求雨的时辰，林则徐穿戴得整整齐齐，早早徒步来到预先搭起的祭坛上。其他大小官员自然不敢怠慢，也都接踵而来。按照仪式程序，烧过香，向上天祈祷一番之后，就有差役过来，在地上铺了一张芦苇席子。林则徐和官员们依照官阶，整整齐齐地坐了下来。

这时正是三伏天，烈日当空，骄阳似火，晒得人人头上都冒出了黄豆大的汗珠来。可是为了表示虔诚，求雨的人不得撑伞，场上也没有茶水供应。求雨的官员们一个个都嗓子冒烟，都觉得有些受不了啦。

林则徐心里有数，朝官员们看看，苦笑着说："我们这些当官的，平日里一向养尊处优，不知道民间疾苦。今天求雨，倒是个好机会，一起尝尝这种滋味吧。"

既然总督大人这么说，下属官员怎么还敢叫苦？大家你看看我，我看看你，只好低下头继续忍了。

大约坐了三炷香的光景，林则徐又抬起头来朝大家看看，叹了口气，说道："不过，茶水总还是可以稍微喝一点的。"说罢，便吩咐差役去弄茶水。不一会儿，差役抱来一只陶瓮，瓮里盛满了茶水。

茶水一到，林则徐第一个喝，喝了以后，按照官阶，让大伙儿一个个喝。大家渴得厉害，老早就伸长了脖子盼着喝水呢，现在有水送到跟前，哪个会推辞？都顾不上什么官场体统，一个个着急地抱起陶瓮，猛喝起来。

谁知道这陶瓮里的水非比寻常，是林则徐早就准备好了的，里面掺上了呕吐药，谁喝了都会呕吐。

果然，不到一个时辰，林则徐剧烈地呕吐起来。他这一带头，旁人也都忍耐不住，于是大大小小的官员全都跟着总督大人剧烈地呕吐起来。

林则徐呕吐之后，不动声色地说："也好，这样一来，就可以当众检验一下，看看每个人的心肠是什么样的？"说罢，他大声吩咐，谁也不许把自己的呕吐物掩盖起来。

林则徐站起身来，挨个儿亲自查看，让侍从辨认呕吐物里究竟有些什么东西，然后一一记录下来。这就好比是一面照妖镜，什么妖魔鬼怪都显了原形。在场官员们吐出来的东西，十有八九都是荤腥之物。他们哪里是在斋戒吃素？只有林则徐自己吐出来的是青菜和米饭。

林则徐声色俱厉地对官员们说："今天求雨，乃是为民请命。古书上说，当年成汤祷雨，沐浴斋戒，修剪头发、指甲，以身为牺牲，祷于桑林，终于求来千里之雨。先王是何等的虔诚！而今，本总督求雨，三天前就发出告示，照会诸位，务必斋戒吃素。诸位却置若罔闻，把老百姓的生死安危当作儿戏，该当何罪？！"

这批大小官员们既惭愧又害怕，唯恐林则徐在这件事上大做文章，一个个都跪了下来，低头认错，表示愿意将功折罪，捐款买米，解除饥荒。灾民们知道后欢呼雀跃，纷纷奔走相告。林则徐爱护百姓又善用计谋的故事，就这样流传开了。

【故事来源】

据《清朝野史大观》卷七译写。

王老板发横财

当年有个王老板,家里底子薄,做生意运气又不好,接连几年都蚀本,越做越不顺,最后连本钱都没有了,只好到处借债。不过,他性情直爽,做人也蛮讲信用,凡是借别人的钱,一到期限就连本带利地及时归还,从不拖欠。实在还不了时,也会想办法拆东墙补西墙,反正一定会偿还。

王老板的邻居张老爷,是当地有名的大富翁。他有心向张老爷借点银子救救急,但也知道对方是有名的铁公鸡,一毛不拔,所以几次想开口,话到喉咙口又咽了回去。

快要过年了,一过小年夜债主就会上门讨债,好不烦恼!王老板灵机一动,想出个办法来,他预先到丈人老头家借一百两银子,约定半年之内一定还清。丈人想想,有借有还,再借不难,再说女婿这次给的利息也蛮高,自己不会吃亏的,于是就把银子借给了他。

有了银子,王老板的腰板就硬了,不等债主上门,就先把欠债全部还清,还拿出一点钱来给家人添置新衣裳,让家里人开开心心过个年。

这样一来,隔壁张老爷就有点弄不懂了。平常过年前,到王家讨债的前脚接后脚,今年居然一个也没来,难道他老早就把欠债还清了？不仅如此，今年过年全家老少居然都换上了新衣裳。他哪来这么多钱，难道发横财了？

除夕夜，王老板家里的爆竹声"噼噼啪啪"响个不停，笑声欢语，不绝于耳。张老爷的疑惑也越来越重，到底是怎么回事？他有心要去窥探一番。

走到王家门口，却见他家的大门关得紧紧的。张老爷想：年夜迎神，家家户户都把大门开得大大的，好让财神进门，王老板的家里却一反常态，大门紧闭，这里面一定有名堂！想到这里，他便贴着门缝朝里面张望。

王家的房子不大，进门就是客厅，张老爷可以透过门缝把里面看得一清二楚。厅堂灯火辉煌，王家正在祭祖，正中的供桌上除了猪头三牲、香炉蜡烛之外，还比别家多出了一叠高高的银元宝，大大小小，层层叠叠，足足有几百个。嚅！真不得了，这些元宝，就算是毛估，也有上万两呢。张老爷心想："一定是他发了横财。可是，为啥别人没有发横财，偏偏王老板发了？说来说去，一定是他运气好，老天保佑他时运亨泰，如果与他合伙做生意，岂不是可以沾他的光？"

过了年，张老爷特地拣了一个黄道吉日，在家里备了一桌酒席，诚心诚意地送去一张请柬，邀请王老板来聚聚。王老板心中有数，知道铁公鸡要拔毛了，就兴冲冲地进了张家门。

酒过三巡，张老爷满脸红光，醉醺醺地开了口："王老板，听说你近来发了横财，实在可喜可贺。怎么样？看在老邻居面子上，肯借点零头给我派派用场吗？"

王老板双手直摇，说道："张老爷说到哪里去了？想我王某人一向清贫，做点小生意也一直不顺手，哪有什么横财？"

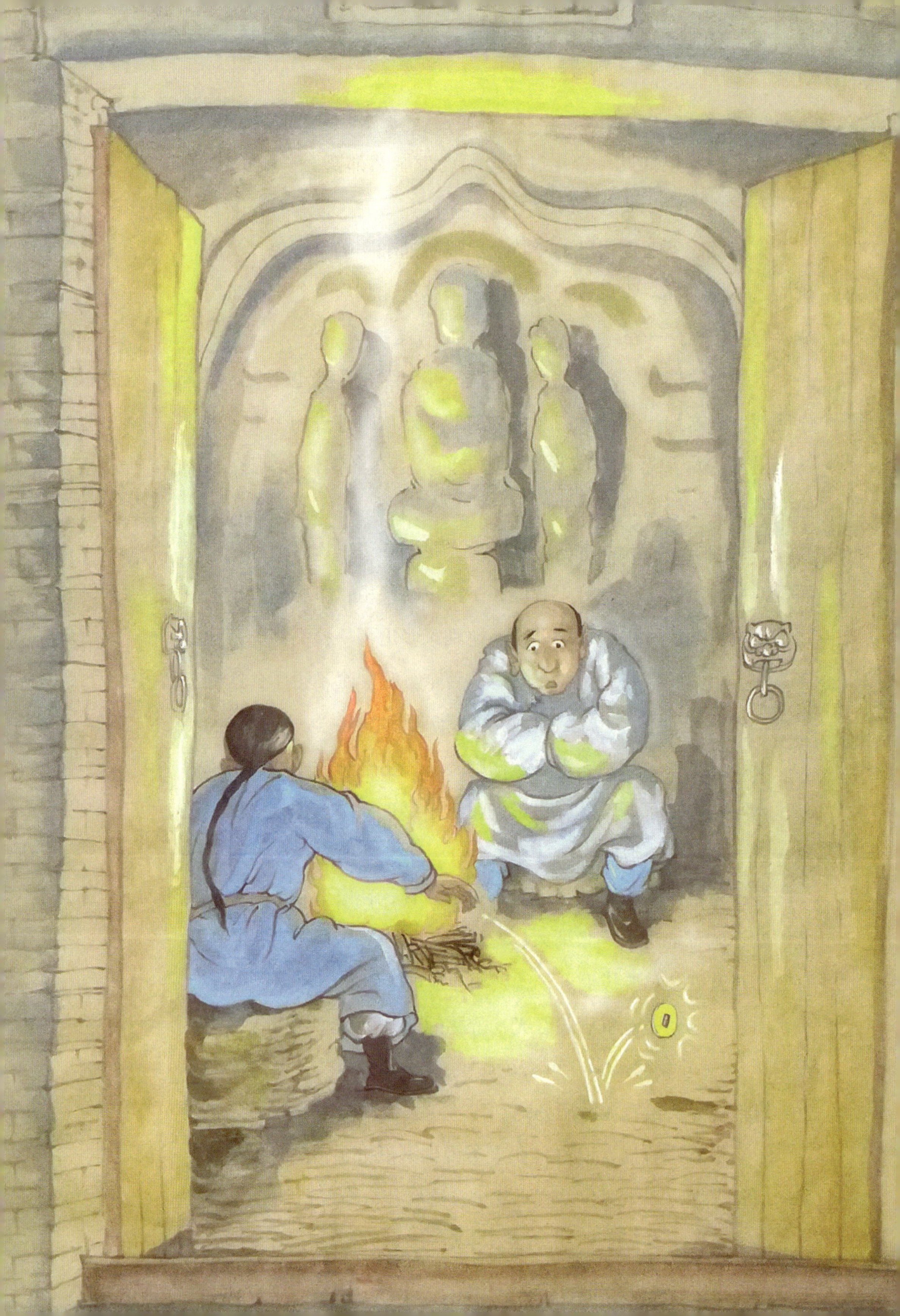

张老爷俯过身去，贴在王老板的耳朵边，神秘兮兮地说："天知地知，你知我知。你瞒别人倒也罢了，对我还有什么好瞒的？"

王老板却还是不肯松口，说自己一向安分守己，哪里来什么横财。张老爷按捺不住了，跟他摊了底牌，说道："老实说，我也不缺钱用。你不肯借给我，我不勉强，干脆让我借点给你，好不好？这里有五千两银子，放在家里也是放着，现在拿来交给你，算是我和你拼股做生意，赚了钱，我们二人平分，你说怎么样？"

王老板一听，正中下怀，心想这只铁公鸡倒是有点出格，要么一毛不拔，一拔就是五千两。不过他表面看起来仍然不动声色，皱着眉头推辞道："使不得，使不得，我这个人做生意一向运气不好，万一翻了船，怎么向你交代？还是算了吧。"

张老爷怎肯错过这个发财机会，他紧紧盯住不放，拍着胸脯说："你也太小看我了，我张某人怎么会计较一时的得失呢？王老板，你放大胆子去做生意，赚了钱，咱俩五五分成；万一蚀本，都算在我身上，决不为难于你。好不好？"张老爷再三恳求，要王老板把银子收下。王老板这才顺水推舟，把五千两银子收了下来。

王老板有了这一笔钱，简直如虎添翼，如鱼得水，当即甩开膀子做起大买卖来。他先到江西，看见市场上菜油卖不掉，价钱越压越低，就灵机一动，大批吃进，然后再贩到安徽，果然一趟生意就发了一笔横财。张老爷一见，越发高兴，索性连刚刚赚来的银子也交给了王老板，放心让他去做生意。

王老板的生意顺风顺水，茶叶、瓷器、丝绸、粮油等，无论做什么生意都赚钱，十年后，他足足积累了百万两银子，成为远近闻名的大财主。

这一年端午节，张老爷请王老板吃酒，一时高兴，就把十年前除夕夜自己如何从王家大门缝里偷偷窥探，又如何发现王家供桌上层层叠叠的几百个元宝，以及如何想办法借他的财运，一五一十地说了出来。

谁知王老板一听，放声大笑，说道："你不说，我倒忘记了。既然你还记得当年的事，今天我就索性跟你挑明了吧。你知道当年祭祖时我家供桌上的元宝是什么东西吗？那是锡箔折成的假元宝呀！这全是做给你看的。你想想，一个走投无路的生意人开口向你借钱，你肯拿出来吗？纵有三寸不烂之舌，也拔不动你身上一根毛呀！幸亏我略施小技，老兄果然上钩。由此可见，不是你骗我，倒是我骗了你，对不对？"

这么一说，张老爷恍然大悟。他拍拍王老板的肩膀，半真半假地说："高！高！这叫棋高一着！不过，也多亏了你的计谋，才使得我俩都发了横财。"说罢，两人又都会心地大笑起来。

【故事来源】

据清朝许奉恩《里乘》卷四译写。

百年老店一文钱

清朝末年，姑苏城阊门外的泰伯庙前，有一家名闻遐迩的百年老布店。店门上挂着一块金字招牌，上面有赫然醒目的三个大字"一文钱"，每个字都有栲栳(kǎo lǎo)*那么大。人们都说开店是为了发财，钱财越多越好，为啥这家布店的老板要别出心裁，取这么一个寒酸的店名呢？说起来，这里有一个故事。

当年有两个徽州客商，一个姓张，一个姓李，带了一大笔钱，雄心勃勃地到苏州合伙做生意。两人生意倒是做得蛮发，就是年纪轻轻，有点不知天高地厚，觉得银子来得容易，乐得活得潇洒一点。于是，两人就在姑苏城里，一人包了一个漂亮的妓女，银子花起来就像流水一般。倒是这两个妓女在夜深人静的时候，经常在枕边劝说道："从古到今，妓院里的老鸨(bǎo)和王八都是只认钱、不认人的，有钱就叫你一声大爷，没钱，你连门槛也跨不进了。这几天，看你们口袋里的银子越来越少，连我们都过意不去了。倒不如趁早悬崖勒马，收心去做生意，还是少来这里为好。"这两个人听听蛮有道理，却舍不得漂亮女人，第二天又回来了，依旧沉湎在酒色之中。

果然好景不长，两个浪荡子终于到了山穷水尽的地步。那两个妓女倒还蛮有良心，一人拿出五十两银子，分别塞给小张和小

栲栳
也叫笆斗，用竹篾或柳条编成的圆筐，形状像斗，用来打水或装东西。

李，含着眼泪说："你们都是聪明能干的生意人，浪子回头金不换啊，只要收心养性，一门心思做生意，迟早会翻过身来的。我们姐妹也是痴心人，既然有了这段缘，死也要等你们回来的。走吧……"两个浪荡子眼泪汪汪，无可奈何地接过银子，跟跟跄跄地离开了妓院。

这时已将近年底，门外北风呼啸，寒气逼人，两人百无聊赖，踱进一家小酒店，想喝几口老酒暖暖肚子。谁知道借酒浇愁愁更愁，两人糊里糊涂地多喝了几杯，喝得酩酊大醉，晃晃悠悠走出了酒店，竟把妓女送给他们的两袋银子忘在了店里。等回到客栈，客栈老板向两人讨房钱时，他们才"哎哟"一声醒悟过来。再回去寻银子，哪里还寻得到？客栈老板催逼得紧，两人只好把行李衣服送进当铺，换了几串铜钱，把房钱先交了，而后在一座破庙里住了下来。

大年三十夜，家家户户在屋里吃团圆饭。他俩只好去拣一点枯枝败叶，生火来取暖，你看看我，我看看你，眼圈发红，长吁短叹。小张在袋里摸了又摸，从袋角里摸出一个铜板，朝它看看，赌气扔在地上，懊恼地说："几百两银子都用光了，剩下这一枚铜钱能派啥用场？看着心烦，扔掉算了。"

小李一见，急忙俯身下去捡了起来，说道："你可不要小看这一个铜板，这是老天爷留给我们的一线生机呀。说不定我们翻身还要靠它呢！"说罢，他捏着这个铜板出了庙门。

小张丈二和尚摸不着头脑，只好自顾自烤火，等着小李回来。不一会儿，小李捧了一大堆乱七八糟的东西进来了。小张一看，都是些竹片、稻草、废纸、鸡毛和鸭毛。这些东西满街都是，问他派啥用场？小李眨眨眼睛，笑而不答，只是从怀里摸出一小包面粉，弄个破盆，烧点水，调成糨糊，在火堆边上兴致勃勃地摆弄起来。他先把稻草缠在竹片上，再蒙上几层废纸，然后在上面插上几根鸡毛、鸭毛。

嗨！想不到小李这双手还真有点巧，经他这么一摆弄，手里的竹片居然全活了起来，有的像凌空飞翔的小鸟，有的像悠然自得的水鸭，有的像身手矫捷的猴子，有的像威风凛凛的老虎，真是千姿百态，栩栩如生。不过，小张还是提不起兴致，叹了一口气，说道："穷途末路，明天的早饭还不知道在哪里呢，你倒有心思玩这些破玩意儿！"小李还是笑嘻嘻地不申辩，只是埋头制作，一夜工夫，竟做出了二三百个小玩意儿。

第二天是大年初一，小李做好了两个稻草柱子，把这些小玩意儿插了上去，交给小张一个，自己扛了一个，说是一起去游玄妙观，到了那里自有办法。小张将信将疑地跟着去了。

玄妙观向来是苏州城里最繁华热闹的地方，逢年过节，更是人头攒动。女孩子们一见小张、小李手里的这些小玩意儿，全都围了上来，都说做得像，很有趣！于是你买一个，我买两个，不一会儿工夫，两人手里的小玩意儿居然被抢购一空。

回到庙里一数，竟有三千多个铜钱。小张这才眉开眼笑，对小李佩服得五体投地，又追问道："昨天的一个铜板，你派了什么用场？"

小李说："竹片、稻草、废纸、鸡毛和鸭毛，都是路边捡来的，就是冲糨糊用的面粉，用上了这个铜板。"这么一说，两人都哈哈大笑起来。

从此以后，两个人一心一意做起这个生意来了。他们从开春到初夏，几个月时间，居然积攒了几十贯铜钱，接着又开了个小铺子，做起了小本生意。几年下来，他们终于成为腰缠万贯的大老板，并在阊门外开了一家布店。开张这天，他俩特地做了一块匾，刻上"一文钱"三个大字，就是为了告诫自己，千万不可忘记一个铜板起家的往事。

【故事来源】

据清朝许奉恩《里乘》卷一译写。

后 记

阅读古籍时，钩沉其中的民间传说故事材料，我已经断断续续地进行了十多年，至今也没有做完。手头已经积累了二百多万字的原始资料。这项工作枯燥乏味，又十分吃力，起初只是为了民间文学理论研究的需要，后来在师友们的鼓励下，我尝试着将其中一些较为精彩的故事译写成白话，无形中倒也增添了许多乐趣。

在这方面，刘耀林老师（已故）给予我极大的帮助。他不仅领我走上民间文学的道路，还肯定了我的这种做法。1985年，他和我合作出版了《中国古代民间故事选》（江西人民出版社出版）。这本书虽然仅有二十多万字，也不够成熟，却是可贵的起步，而且坚定了我在这条路上继续走下去的决心。不幸的是，老师因病去世，过早地离开了我们，我失去了一位良师益友。

此后，在刘魁立、罗永麟、刘守华、祁连休等老师的热情指导和鼓励下，我依然在这条路上坚持走下去。虽然孤寂，却也乐此不疲。近年来，《民间文学》《故事会》《山海经》《民间故事选刊》等刊物也很重视我的这种尝试，毅然辟出专版，连续刊载我译写的故事作品，给我以莫大的鼓励。

我在文艺创作上的启蒙老师、浙江省文联主席顾锡东先生在百忙之中对本书给予了很大的关注。在出版之际，我要向以上这些给我各种帮助的师友们表示真挚的感谢，同时也诚心希望广大读者对我的译写提出宝贵意见。

顾希佳

1997 年 8 月 24 日于杭州

图书在版编目（CIP）数据

顾爷爷讲中国民间故事.清 / 顾希佳编写. — 北京：北京联合出版公司，2020.5
ISBN 978-7-5596-4022-2

Ⅰ.①顾… Ⅱ.①顾… Ⅲ.①民间故事—作品集—中国—清代 Ⅳ.①I277.3

中国版本图书馆 CIP 数据核字（2020）第 034086 号

顾爷爷讲中国民间故事
⑥
（清）

编　　写：顾希佳
总 策 划：苏　元
责任编辑：牛炜征
策划编辑：鲁小彬
特约编辑：鲁小彬
插　　画：高西浪　孙万帅
封面设计：主语设计

北京联合出版公司出版
（北京市西城区德外大街 83 号楼 9 层 100088）
北京联合天畅发行公司发行
北京中科印刷有限公司印刷　新华书店经销
字数 110 千字　710mm×1000mm　1/16　10.25 印张
2020 年 5 月第 1 版　2020 年 5 月第 1 次印刷
ISBN 978-7-5596-4022-2
定价：198.00 元（全 6 册）

未经许可，不得以任何方式复制或抄袭本书部分或全部内容。
版权所有，侵权必究。
本书若有质量问题，请与本公司图书销售中心联系调换。
电话：（010）64258472-800

扫码收听
中国经典民间故事有声书